· 语文阅读推荐丛书 ·

吴伯箫散文选

吴伯箫／著

人民文学出版社

图书在版编目（CIP）数据

吴伯箫散文选/吴伯箫著．—北京：人民文学出版社，2021（2024.12重印）
（语文阅读推荐丛书）
ISBN 978-7-02-016551-3

Ⅰ.①吴… Ⅱ.①吴… Ⅲ.①散文集—中国—当代 Ⅳ.①I267

中国版本图书馆 CIP 数据核字(2020)第 135178 号

责任编辑　廉　萍
装帧设计　李思安
责任印制　王重艺

出版发行　人民文学出版社
社　　址　北京市朝内大街 166 号
邮政编码　100705

印　　刷　三河市鑫金马印装有限公司
经　　销　全国新华书店等

字　　数　107 千字
开　　本　650 毫米×920 毫米　1/16
印　　张　9.5　插页 1
印　　数　17001—20000
版　　次　2021 年 11 月北京第 1 版
印　　次　2024 年 12月第 6 次印刷

书　　号　978-7-02-016551-3
定　　价　22.00 元

如有印装质量问题,请与本社图书销售中心调换。电话:010-65233595

出版说明

从2017年9月开始,在国家统一部署下,全国中小学陆续启用了教育部统编语文教科书。统编语文教科书加强了中国优秀传统文化教育、革命传统教育以及社会主义先进文化教育的内容,更加注重立德树人,鼓励学生通过大量阅读提升语文素养、涵养人文精神。人民文学出版社是新中国成立最早的大型文学专业出版机构,长期坚持以传播优秀文化为己任,立足经典,注重创新,在中外文学出版方面积累了丰厚的资源。为配合国家部署,充分发挥自身优势,为广大学生课外阅读提供服务,我社在总结以往经验的基础上,邀请专家名师,经过认真讨论、深入调研,推出了这套"语文阅读推荐丛书"。丛书收入图书百余种,绝大部分都是中小学语文课程标准和统编语文教科书推荐阅读书目,并根据阅读需要有所拓展,基本涵盖了古今中外主要的文学经典,完全能满足学生成长过程中的阅读需要,对增强孩子的语文能力,提升写作水平,都有帮助。本丛书依据的都是我社多年积累的优秀版本,品种齐全,编校精良。每书的卷首配导读文字,介绍作者生平、写作背景、作品成就与特点;卷末附知识链接,提示知识要点。

在丛书编辑出版过程中,统编语文教科书总主编温儒敏教授，给予了“去课程化”和帮助学生建立“阅读契约”的指导性意见，即尊重孩子的个性化阅读感受，引导他们把阅读变成一种兴趣。所以本丛书严格保证作品内容的完整性和结构的连续性，既不随意删改作品内容，也不破坏作品结构，随文安插干扰阅读的多余元素。相信这套丛书会成为广大中小学生的良师益友和家庭必备藏书。

人民文学出版社编辑部

2018年3月

目　次

导读

吴伯箫(1906—1982)是中国当代著名散文家、教育家。原名吴熙成,字箫亭,后改为伯箫。笔名山屋、天荪等。他出生于山东省济南市莱芜区吴花园村,父亲是教师。后来考入曲阜师范学校,毕业后在孔家做了一年家庭教师,1925 年考入北京师范大学。先读理科,后转文科。其间,他积极参加学生运动,和朋友一起创办杂志,后从事教育工作。1938 年只身奔赴延安,参加革命。1946 年到东北参与创办东北大学,长期从事教育工作。1954 年任北京人民教育出版社副社长、副总编辑,主编中学《文学》课本。“文革”后继续从事编辑工作。自 1925 年开始在《京报副刊》发表文章算起,他的创作生命持续了近六十年,发表二百多篇散文,先后出版过《羽书》《潞安风物》《黑红点》《出发集》《烟尘集》《北极星》《忘年》等。他的《记一辆纺车》《菜园小记》《“早”》等优秀作品,不断入选各类大中小学教材,影响了一代又一代读者。

1982 年,人民文学出版社委托鲍霁编选《吴伯箫散文选》,并于 1983 年正式出版。全书篇目由作者亲自审定,可以说是作者多年创作优秀散文作品的集大成,出版后产生了广泛而持久的良好影响。叶圣陶先生在该书《序》中曾经写道:“我们俩经常讨论语文教材的编撰,有时似乎谈得极琐屑,近乎咬文嚼字。其实绝非咬文嚼字，准确的意思和准确的记载非由准确的语言来表述不可，所以一个字也不能随便，一处语法错处也不能容许。”所谈虽是语文教材，其实也正是叶、吴二位先生对自己作品的要求。吴伯箫的大量散文，思想性强，文字优美，正体现了这种严谨不苟的精神。这些作品魅力经久不衰，根源也正在于此。

吴伯箫散文的成就和影响是公认的，为满足中小学生读者拓展阅读的需求，我们从本社 1983 年版《吴伯箫散文选》中精选了三十篇适合学生阅读的经典之作，按写作时间编排，并对其中稍显艰深的字词略加注释（前加星号），以便读者理解。

吴伯箫对生活充满感情，他的散文自始至终都包含对生活细节的体察，但又不局限于单纯的白描，而是“思接千载，视通万里”，将生活与历史与思考紧密结合起来，营造出一种特殊的艺术魅力。比如他写动物，《马》其实并不是在描摹马的神骏，也不是写马的故事，而是以马为线索，牵扯起很多旧事、心情和典故。从孩提到成人，从姐姐弟弟到父亲母亲，从叔父到祖父，笔下缠绕的，其实都是对故乡的眷恋，对昔日的怀念。于是，篇末的一句“我有点儿想家”简直就是水到渠成。《啼晓鸡》写法就不同了，基本上没有写到具体的人，而是围绕着鸡展开丰富的联想。从城市与乡村的对比，写到鸡的各种状貌。不仅写了鸡，还写了狗，鸡犬在传统中国往往是分不开的。进而又引经据典，多处点染，但都一笔带过，绝不拖泥带水。其间透露出的是对乡村、对传统、对故乡的执着与眷恋。

吴伯箫写过好几篇关于孩子的文章。《野孩子》是一篇饱含深情的文字，一方面对那些混迹于垃圾堆里讨生活的野孩子进行正面描写，写他们随时随地利用各种资源的创造力，写他们对酷暑寒冬的适应力，写他们快乐地游戏，写他们不接受赏钱去表演的自尊，写他们奉养老人的品行，称呼他们为小英雄们，对他们充满温情甚至敬意,使我们似乎忘了他们是一群无家可归的野孩子。但另一方面,作者对他们的怜爱和担心一直潜藏在文字背后,直到文章结尾,终于按捺不住:“我愿意有一天,万年山下再没有了垃圾堆。万年山下再没有了像垃圾似的那些垃圾堆上的野孩子。”前文所有的正面描写,都在这一句话中轰然崩塌,那些苦中作乐的野孩子原本是不应该存在的,正是时代与社会造就了他们悲惨的遭遇。作者的愿望让我们想到了唐代大诗人杜甫《茅屋为秋风所破歌》结尾的诗句:“安得广厦千万间,大庇天下寒士俱欢颜,风雨不动安如山。”这些善良美好的愿望不可能自动实现,只能靠人民自己的奋斗才能改变命运。作者希望这些孩子不再是野孩子,而是成为小冲击队。这种思想显示出 1934 年在青岛时期,吴伯箫已经具有了一定程度的革命思想。

如果说《野孩子》等文章中,吴伯箫参加革命的思想还是星星之火的话,那么在《羽书》《我还没有见过长城》中,这星星之火已渐成燎原之势。《羽书》写的是鸡毛信,作者从羽书的渊源谈起,但其实写的是一次革命的记忆,更是对未来扫荡日寇恢复中华的畅想。《我还没有见过长城》是一篇构思精巧的文章,作者没见过长城,但却通篇书写长城,通过京城其他风物的对比、关于长城的历史知识、他人的讲述,展开联想与想象,畅想长城所代表的勇武和坚强。尤其动人的是两段朋友对长城的印象,万年书屋主人说起长城时,“从沙发椅上跳起来,竖起大拇指,蔼然的脸上满罩了青年的光辉”。而自己的归途,“迈的是鸵鸟般的大步”。何以如此?正因为在他们的心中,长城代表了古中国的光荣,是民族的象征,是不屈的象征。让我们不禁想起“秦时明月汉时关,万里长征人未还。但使龙城飞将在,不教胡马度阴山”的诗句。古老的长城一直是中华民族捍卫自身的屏障,站在长城脚下,我们都会感到历史的沉重与悲壮,同时,我们更会感到光荣与自豪。而另一位青年画家朋友的经历则充分体现了“江山之助”，是长城使他开阔了心胸，提升了画技。长城正是中华民族刚健勇武之气的象征，向往长城，就是向往刚健、向往勇武、向往保家卫国、向往自强不息。在这种心情的激荡与鼓舞之下，哪个有血性的中国人不会为之振奋？能写出这样的文字，具有这样的思想，吴伯箫在1937年卢沟桥事变之后选择参军抗日、再后来去延安参加革命自然是顺理成章的事了。

吴伯箫还写过另一种孩子，与《野孩子》里的孩子相似的是年龄，是调皮的特点，不同的是经历和品格。《沁州行·“调皮捣蛋”》里的王翰文才十一岁，但这小鬼却和伙伴一起去敌人驻扎的村子里投炸弹，炸死了日本的小队长；《“调皮司令部”》里十六七岁的孩子们都已经是成熟的战士了，他们机智、勇敢，面对大队敌人不急不慌，抓住战机，打死打伤两倍于己的敌人，最后顺利撤退。“一副长坂坡上赵子龙的神气。”字里行间，作者对这些孩子的喜爱和赞美是溢于言表的，而他们也正是中国的希望，他们正用自己的勇敢和热情亲手打造中国的未来。

如果以延安时期为界，吴伯箫散文大体上可以分为前后两期。延安之前的散文整体上呈现出一种诗意的追求，对于辞藻的刻意加工，对于表达的别出心裁，都可以看出一位文学青年在自觉地追求散文形式的创新。但更重要的是在这种诗意追求的背后，蕴藏着作者对于生活的厚重情感。无论是写人、写物还是写事，都饱含感情，在上天入地、打破时空的联想中，将自己的体会和感悟娓娓道来。他对故乡对家人对儿时的眷恋，对祖国对民族对社会的反思，都令人感到一种由衷的真诚，全无为文而造情的弊病。由于当时作者处于文言写作和白话写作共存的时期，其中有些表达与当下的语言习惯或有不同，但不能看作是误用，这一点也需要我们注意。

吴伯箫的古典文学修养很好，因而我们常常看到他的文章中征引古典作品。由于古诗文的浸润，他的散文也追求一种诗意的美，这一点尤其体现在他对语言的锤炼上。比如《山屋》，开篇就是诗的语言，“屋是挂在山坡上的。门窗开处便都是山”。这简直就是两句诗，古人也的确有过类似的诗句，像南宋陆游《山行》中的“南出柴门即是山”，明代张鼐《野竹》中的“谁家茅屋挂青山”。《山屋》书写了作者在山屋中生活的种种体会，清晨、鸟鸣、阴雨、愁绪、闲聊，看似漫不经心，信马由缰，其实处处透露出一种热爱生活的情趣，正如作者自己所提到的陶渊明的“逸兴”。文中有些描写极富画面感，如“你的梦境不是忽然透出了一丝绿莹莹的微光么，像东风吹过经冬的衰草似的，展眼就青到了天边”，“那窗外像笑着似的处女的阳光，一扑就扑了你个满怀”，这些句子都饱含诗意，但已经脱离了古诗的范围，分明是新诗的意象和味道了。《山屋》不仅在语言和意象上极具特色，其内容也颇值得关注。

我们似乎可以这么看，吴伯箫前期文字的核心意象就是山屋，因为对时代、对社会、对都市的失望，他的心中潜藏了一个山屋一样的理想所在，这个理想的山屋是自然的，是避世的，是符合“道不行，乘桴浮于海”的思想的。但事实证明，在一个黑暗的时代，这种避世隐居的生活不容易实现也不可能长久，更不是出路。吴伯箫最后选择了参加革命，自己动手去改造这个时代、这个社会。

吴伯箫后期的散文，风格上出现了明显的变化，相比前期而言，后期的生活气息更浓，而文字也更加平和老道，有一种漫天烟霞归于平淡的气象。相比前期的山屋，吴伯箫后期文字的核心意象变成了菜园，虽然看起来与山屋类似，但重心已经发生转变，菜园代表着自己动手、丰衣足食，不再是消极逃避，而是积极面对、积极建设。或许也可以看作是从道家到儒家的转变吧。《菜园小记》是吴伯箫后期文字的代表作，从艺术风格上看，他汰去了前期散文中雕琢文字的痕迹，返璞归真，更臻胜境。文章虽然仍然充满诗意，但却显得自然从容，并不着力，但却力透纸背，寻常字句，却透露出浓浓的情怀。“种花好，种菜更好。”开篇就有味道。随后作者以浓墨重彩去书写菜园、果园、花园三者合一的美好图景，更值得纪念的是，这是亲身劳作的结果。作者用轻松的笔触，娓娓道来，如聊家常，那花的色彩、菜的色彩、田圃的生活、劳动的愉悦，都跃然纸上。文中说，“老圃种菜，一畦菜怕不就是一首更清新的诗?”这文章也正如一首清新的诗。

吴伯箫还有一些歌唱革命的文章，与具体生活融为一体，非常动人。比如《歌声》，写延安不同时期的歌声对比，过去的歌声多是歌唱爱情、诉说别离、控诉旧社会剥削压迫的，而新时期的歌声是解放的歌声，“歌唱革命，歌唱领袖，歌唱抗战，歌唱生产”，人们不是单纯在唱歌，而是在歌唱自己的生活、自己的命运。歌声直接变成了解放的先声，变成了革命的语言。再比如《窑洞风景》，窑洞的条件当然是艰苦的，但正是在这种艰苦的条件下，身在其中的革命者们乐观积极地努力奋斗，将窑洞变成工作场所、战斗堡垒和美好花园。延安窑洞的灯火，激励了无数参加革命的仁人志士。

王 明 辉

话故都

一别两易寒暑，千般都似隔世，再来真是万幸了。际兹骊歌重赋，匆匆归来又匆匆归去的时候，生怕被万种缱绻，牵惹得茶苦饭淡。来！尔座苍然的老城，别嫌唠叨，且让我像自家人似的，说几句闲杂破碎的话罢。——重来只是小住，说走就走的，别不理我！连轻尘飞鸟都说着，啊，你老城的一切人，物。

生命短短的，才几多岁月？一来就五年六载地拖下去，好不容易！耳濡目染，指摩踵接，筋骨都怕涂上了你的颜色罢；不留恋还留恋些什么？不执着还执着些什么？在这里像远古的化石似的，永远烙印着我多少万亿数的踪迹；像早春的鸟声，炎夏的鸣蝉，深秋的虫吟似的，在天空里也永远浮荡着我一阵阵笑，一缕缕愁，及偶尔的半声长叹。在这里有我浓挚的友谊，有我谆谆然师长的训诲，有我青年的金色的梦境，旷世的雄心，及彻昼彻夜的挣扎与努力；也有我掷出去，还回来：往返投报的情热，及情热燃炙时的疯狂。还有，还有很多；我知道那些逝去了的整整无缺的日子，那些在一生中最可珍贵的朝朝暮暮，我是都给了你了，都在你和平而安适的怀抱里，消磨着，埋葬了。

因此，我无论漂泊到天涯，或是流浪到地角，总于默默中仿佛觉得背后有千万条绳索在紧紧地系着，使我走了一段路程，便回转头来眺望你一番，俯下头去想念你一番，沉思地追忆关于你的一切：当我于风雨凄凉，日晚灯昏，感到苦寂的时候，我想到在你这里那五六个人围炉话尽的雪夜，和放山石，采野花的那些春秋佳日。当我进退维谷，左右皆非，感到空虚的时候，我想到在你这里过骆驼书屋，听主人那忘机的娓娓不倦的谈话，和那巍然宏富的图书馆里，引人入胜的各家典籍的涉猎。在异乡受了人家的欺骗，譬如那热血所换到的冷水的欺骗，我只要忆起你这儿的友人曾信托我，帮助我，在极危急的时候拯救我的各种情形，我便得到很多的安慰；即使抚今追昔，愈想愈委屈，而终于落泪罢，但内心是充满了喜悦的，说："小气的人呀！我是有朋友的，你其奈我何！"

因此，我念着你西郊的山峦，那里我们若干无猜的男女，曾登临过，游览过，啸遨过：大家争着骑驴，挨了跌还是止不住笑。我念着你城正中昂然屹立的白塔，在那里我们曾俯瞰过你伟大的城阙，壮丽的宫院，一目无边的丰饶的景色。我念着坐镇南城的天坛，那样庄严，使你立在跟前，都不敢大声说话。我念着颐和园昆明湖畔的铜牛，最喜欢那夕阳里骄蹇的雄姿；我念着陶然亭四周的芦苇，爱它那秋天来一抹的萧索。我念着北城的什刹海，南城的天桥，拥着挤着的各色各样的人，各色各样的事。我念着市场的那些旧书摊，别瞧，掌柜的简直就是饱学。我念着，啊，这个账怎么开呢：那些残破的庙宇，那些苍翠的五六百年的松柏，那些灰色的很大很大的砖，一弯臭水的护城河，沿河走着的骆驼同迈着骆驼一样脚步的牵骆驼的人。真是！什么我都想念呢！只要是你苍然的老城的，都在我神经的秘处结了很牢的结了。说来你不信，连初冬来呼呼的大风，大风里飞扬着的尘土，我都想。

苍然的老城，我觉到，绵亘在兴安岭以南，希马拉雅*以北，散

---

* 今译"喜马拉雅"。（*为编者注，后同）

布在滚滚的黄河,滔滔的长江流域的,星罗棋布,是多少城池,多少市镇,多少名胜古迹啊,但只有你配象征这堂堂大气的文明古国。仿佛是你才孕育了黄帝的子孙,是你才养长了这神明华胄,及它所组成的伟大民族。虽然我们有长安,有洛阳,有那素以金粉著名的南朝金陵,但那些不失之于僻陋,就失之于嚣薄;不像破落户,就像纨绔子;没一个像你似的:既素朴又华贵,既博雅又大方;包罗万象,而万象融而为一;细大不捐,而巨细悉得其当:真是,这老先生才和蔼得可亲,庄严得可敬呢。

华夏就是这样的国家,零星的干犯,是惹不起她的气忿的,她有海量的涵容;点滴的创伤,她是不关痛痒的,她有百个千个的容忍;不过一朝一夕,时光慢慢地过去,干犯她的,要敬畏她了,要跪倒在她的面前,求她的宥恕了;一处处创伤要渐渐地复原,渐渐地健康起来了。如檐滴之穿阶石似的,一切锢障都在时光的洗炼中屈服在她的腕下了。苍然的老城,你不也正是这样的么?多少乳虎样的少年,贸贸然地走了来,趾高气扬;起初是目空一切的,但久了,你将他的浮夸,换作了沉毅。忽而一天,他发见了他自己的无识,他自己的藐小;多少心胸狭隘的人,米大的事争破天,不骄即谄,可是日子长了,他忽然醒过来,带着满脸的惭愧,他走上那坦荡的大方的道路。芝兰之室怕连砖瓦都是芬芳的罢,蜜饯金枣酸瓤也发起甜来。饱有经验的老人是看不惯乳臭的孩子的,富有历史涵养的地方草木都是古香古色。不必名师,单这地方彩色的熏陶,就是极优越的教育了。何况,在这里,街街巷巷都住持着哲人,诗家,学者呢?对你,不只是爱慕,简直是景仰。“我懂什么呢?”有人这样说;“在此老死罢!”也有人这样说:是大有来历的。

晨昏相对者六年,在第六个夏天,我因为什么事情不得已而将远去,那时我是怎样地愁着,依依的可怜啊!为了你这儿的人们,使我眷恋不舍,一壁整着行囊,一壁落着眼泪,就像第一次离开慈母准备远行一样，那滋味是够凄凉的。脚步迟滞地踏上火车，心随了车轮的辗转而步步沉重，彼此间的牵线，步步加紧，那是不多不少的永诀的情况啊！长年漫漫，悬想之情总算够受了：地方愈远，思念愈深；时日愈久，思念愈切：直将这重负继续担下来，到今天，我有了归来的机会。

旅途上我是怎样的喜欢，又怎样的惧怕呀！喜着眼前的重逢，怕着久别的生疏。提心吊胆，终于到“家”了。望见你那更加苍老了的城垣，还带着亲熟的容光，仿佛说：“来了么？……”那一阵高兴是说不出来的。我知道敌人的炮火，曾给你过分的虚惊，我见了一砖一石一草一木，都郑重地问“别来无恙”的话。及至看见你依旧那样镇静，那样沉着的时候，我便禁不住手舞足蹈了。可是你的确又苍老了许多呢。虽说老当益壮罢，但那加添了的一条条皱纹，总不能不使爱你的人们增加几分担心。

现在几天的光阴，又轻轻度过了，梦一般。在几天之中，我温习了多少陈迹，访问着你的每一条大街，每一条小巷，抚摩着往日的印痕，追忆着那些甜的酸的苦的故事，又是一度欢欣，又是一度唏嘘，又是一度疯狂。我很满足，因为你没把我忘记。

展眼我又要走了，那怎么办呢？在这临行时的前宵，听着你午夜的市声，熙攘攘，喘着和平的气息，我怀了万分惆怅。但想到你的长存，比得过日月的光辉时，我也知道自慰。后会有期，珍重罢！希望再度我来，你矍铄依然，带着你永恒的伟大与壮丽，期待我，招呼我。

明朝行时，但愿你满罩了一天红霞，光明里，照顾我到远远的天涯。

一九三三年夏

马

“马是天池之龙种。”①那自是一种灵物。

也许是缘分，从孩提时候我就喜欢了马。三四岁，话怕才咿呀会说，亦复刚刚记事，朦胧想着，仿佛家门前，老槐树荫下，站满了大圈人，说不定是送四姑走呢。老长工张五，从东院牵出马来，鞍鞯都已齐备，右手是长鞭，先就笑着嚷：跟姑姑去吧？说着一手揽上了鞍去，我就高兴着忸怩学唱：骑白马，吭铃吭铃到娘家……大家都笑了。准是父亲，我是喜欢父亲而却更怕父亲的，说：下来罢！小小的就这样皮。一团高兴全飞了。下不及，躲在了祖母跟前。

人，说着就会慢慢儿大的。坡里移来的小桃树，在菜园里都长满了一握。姐姐出阁了呢。那远远的山庄里，土财主。每次搬回来住娘家，母亲和我们弟弟，总是于夕阳的辉照中，在庄头眺望的。远远听见了銮铃声响，隔着疏疏的杨柳，隐约望见了在马上招手的客人，母亲总禁不住先喜欢得落泪。我们也快活得像几只鸟，叫着跑着迎上去。问着好；从伙计的手中接过马辔来，姐姐总说：“又长高了。”车门口，也是彼此问着好；客人尽管是一边笑着，偷回首却是满手帕的泪。

① 庾信：《春赋》。

家乡的日子是有趣的。大年初三四,人正闲,衣裳正新,春联的颜色与小孩的兴致正浓。村里有马的人家,都相将牵出了马来。雪掩春田,正好驰骤竞赛呢。总也有三五匹罢,骑师是各自当家的。我们的,例由比我大不了几岁的叔父负责,叔父骑腻了,就是我的事。观众不少啊:阖村的祖伯叔,兄弟行辈,年老的太太,较小的邻舍侄妹,一凑就是近百的数目。崭新的年衣,咳笑的乱语,是同了那头上亮着的一碧晴空比着光彩的。骑马的人自然更是鼓舞有加喽。一鞭扬起,真像霹雳弦惊,飕飕的那耳边风丝,恰应着一个满心的矜持与欢快。驰骋往返,非到了马放大汗不歇。毕剥的鞭炮声中,马打着响鼻,像是凯旋,人散了。那是一幅春郊试马图。

那样直到上元,总是有马骑的亲戚家人来人往,驴骡而外,代步的就是马。那些日子,家里最热闹,年轻人也正蓬勃有生气。姑表堆里,不是常常少不了戏谑么?春酒筵后,不下象棋的,就出门遛几趟马。

孟春雨霁,滑汰*的道上,骑了马看卷去的凉云,麦苗承着残滴,草木吐着新翠,那一脉清鲜的泥土气息,直会沁人心脾。残虹拂马鞍,景致也是宜人的。

端阳,正是初夏,天气多少热了起来。穿了单衣,戴着箬笠,骑马去看戚友,在途中,偶尔河边停步,攀着柳条,乘乘凉,顺便也数数清流的游鱼,听三两渔父,应着活浪活浪的水声,哼着小调儿,这境界一品尚书是不换的。不然,远道归来,恰当日衔半山,残照红于榴花,驱马过三家村边,酒旗飘处,斜睨着"闻香下马"那么几个斗方大字,你不馋得口流涎么?才怪!鞭子垂在身边,摇摆着,狗咬也不怕。"小妞!吃饭啦,还不给我回家!"你瞧,已是吃大家饭的黄昏时分了呢。把缰绳一提,我也赶我的路。到家掌灯了,最喜

---

* 汰(tà):滑溜。

那满天星斗。

真是家乡的日子是有趣的。

当学生了。去家五里遥的城里。七天一回家,每次总要过过马瘾的。东岭,西洼,河堧,丛林,踪迹殆遍殆遍。不是午饭都忘了吃么?直到父亲呵叱了,才想起肚子饿来。反正父亲也是喜欢骑马的,呵叱那只是一种担心。啊,生着气的那慈爱喜悦的心啊!

祖父也爱马,除了像三国志那样几部老书。春天是好骑了马到十里外的龙潭看梨花的。秋来也喜去看矿山的枫叶。马夫,别人争也无益,我是抓定了的官差。本来么,祖孙两人,缓辔蹒跚于羊肠小道,或浴着朝暾*,或披着晚霞,闲谈着,也同乡里交换问寒问暖的亲热的说话;右边一只鸟飞了,左边一只公鸡喔喔在叫,在纯朴自然的田野中,我们是陶醉着的。Old man is the twice of Child.我们也志同道合。

最记得一个冬天,满坡白雪,没有风,老人家忽尔要骑马出去了,他就穿了一袭皮袍,暖暖的,系一条深紫的腰带,同银白的胡须对比的也戴了一顶绛紫色的风帽,宽大几乎当得斗篷,马是棕色的那一匹罢,跟班仍旧是我。出发了呢?那情景永远忘不了。虽没去做韵事,寻梅花,当我们到岭巅头,系马长松,去俯瞰村舍里的缕缕炊烟,领略那直到天边的皓洁与荒旷的时候,却是一个奇迹。

说呢,孩子时候的梦比就风雨里的花朵,是一招就落的。转眼,没想竟是大人了。家乡既变得那样苍老,人事又总坎坷纷乱,闲暇少,时地复多乖离,跃马长堤的事就稀疏寥落了。可是我还是喜欢马呢:不管它是银鬃,不管它是赤兔,也不管它是泥肥骏瘦,蹄轻鬣长,我都喜欢。我喜欢刘玄德跃马过檀溪的故事,我也喜欢"泥马渡康王"的传说,即使荒诞不经吧,却都是那样神秘超逸,令

---

* 暾(tūn):刚出的太阳。

人深深向往。

徐庶走马荐诸葛，在这句话里，我看见了大野中那位热肠的而又洒脱风雅的名士。骑马倚长桥，满楼红袖招，你看那于绿草垂杨临风伫立的金陵年少，丰采又够多么英俊翩翩呢。固然敝车羸马，颠顿于古道西风中，也会带给人一种寂寞怅惘之感的，但是，这种寂寞怅惘，不是也正可于或种情景下令人留恋的么？——前路茫茫，往哪里去？当你徘徊踟蹰时就姑且信托一匹龙钟的老马，跟了它一东二冬地走罢。听说它是认识路的。譬如那回忆中幸福的路。

你不信么？"非敢后也，马不进也。"那个落落大方说着这样话的家伙，要在跟前的话，我不去给他执鞭坠镫才怪哪。还有那冯异将军的马，看着别人擎擎着一点点劳碌就都去觍颜献功，而自己的主人却踢开了丰功伟烈，兀自巍然堂堂地站在了大树根下，仿佛只是吹吹风的那种神情的时候，不该照准了那群不要脸的东西去乱踢一阵，而也跑到旁边去骄傲地跳跃长啸么？那应当是很痛快的事。

十万火急的羽文，古时候有驿马飞递：探马报道，寥寥四个字里，活活绘出了一片马蹄声中那营帐里的忙乱与紧急，百万军中，出生入死，不也是凭了征马战马才能斩将搴旗的么？飞将在时，阴山以里就没有胡儿了。

落日照大旗，马鸣风萧萧。

哙，怎么这样壮呢！胆小的人不要哆嗦啊，你看，那风驰电掣地闪了过去又风驰电掣地闪了过来的，就是马。那就是我所喜欢的马。——弟弟来信说，"家里才买了一匹年轻的马，挺快的。……"真是，说句儿女情肠的话，我有点儿想家。

一九三四年三月，青岛

山屋

屋是挂在山坡上的。门窗开处便都是山。不叫它别墅,因为不是旁宅支院颐养避暑的地方;唤作什么楼也不妥,因为一底一顶,顶上就正对着天空。无以名之,就姑且直呼为山屋吧,那是很有点老实相的。

搬来山屋,已非一朝一夕了;刚来记得是初夏,现在已慢慢到了春天呢。忆昔入山时候,常常感到一种莫名的寂寞,原来地方太偏僻,离街市太远啊。可是习惯自然了,浸假*又爱了它的幽静;何况市镇边缘上的山,山坡上的房屋,终究还具备着市廛**与山林两面的佳胜呢。想热闹,就跑去繁嚣的市内;爱清闲,就索性锁在山里,是两得其便左右逢源的。倘若你来,于山屋,你也会喜欢它的吧? 傍山人家,是颇有情趣的。

譬如说,在阳春三月,微微煦暖的天气,使你干什么都感到几分慵倦;再加整天的忙碌,到晚上你不会疲惫得像一只晒腻了太阳的猫么? 打打舒身都嫌烦。一头栽到床上,怕就蜷伏着昏昏入睡了。活像一条死猪。熟睡中,踢来拌去地乱梦,梦味儿都是淡淡

---

* 浸假:逐渐。

** 市廛:店铺集中的市区。

的。心同躯壳是同样的懒啊。几乎可以说是泥醉着，糊涂着，乏不可耐。可是大大地睡了一场，寅卯时分，你的梦境不是忽然透出了一丝绿莹莹的微光么，像东风吹过经冬的衰草似的，展眼就青到了天边。恍恍惚惚的，屋前屋后有一片啾唧啭啭的闹声，像是姑娘们吵嘴，又像一群活泼泼的孩子在嘈杂乱唱；兀的不知怎么一来，那里"支幽"一响，你就醒了。立刻你听到了满山满谷的鸟叫。缥缈遥的那里的钟声，也嗡嗡地传了过来。你睁开了眼，窗帘后一缕明亮，给了你一个透底的清醒。靠左边一点，石工们在叮咚的凿石声中，说着呜呜噜噜的话；稍偏右边，嘚嘚的马蹄声又仿佛一路轻地撒上了山去。一切带来的是个满心的欢笑啊。那时你还能躺在床上么？不，你会霍然一跃就起来的。衣裳都来不及披一件，先就跳下床来打开窗子。那窗外像笑着似的处女的阳光，一扑就扑了你个满怀。

> 呵，我的灵魂，我们在平静而清冷的早晨找到我们自己了。
>
> ——惠特曼《草叶集》

那阳光洒下一屋的愉快，你自己不是都几乎笑了么？通身的轻松。那山上一抹嫩绿的颜色，使你深深地吸一口气，清爽是透到脚底的。瞧着那窗外的一丛迎春花，你自己也仿佛变作了它的一枝。

我知道你是不暇妆梳的，随便穿了穿衣裳，就跑上山去了。一路，鸟儿们飞着叫着地赶着问"早啊？早啊"的话，闹得简直不像样子。戴了朝露的那山草野花，遍山弥漫着，也懂事不懂事似的直对你颔首微笑，受宠若惊，你忽然骄蹇起来了，迈着昂藏的脚步三跨就跨上了山巅。你挺直了腰板，要大声嚷出什么来，可是怕喊破了那清朝静穆的美景，你又没嚷。只高高地伸出了你粗壮的两臂，像要拥抱那个温都的骄阳似的，很久很久，你忘掉了你自己。自然融化了你，你也将自然融化了。等到你有空再眺望一下那山根尽头的大海的时候,看它展开着万顷碧浪,翻掀着千种金波灵机一动,你主宰了山,海,宇宙全在你的掌握中了。

下山,路那边邻家的小孩子,苹果脸映着旭阳,正向你闪闪招手,烂漫地笑;你不会赶着问她,“宝宝起这样早哇?姐姐呢?”

再一会,山屋里的人就是满口的歌声了。

再一会,山屋右近的路上,就是逛山的人格格的笑语了。

要是夏天,晌午阳光正毒,在别处是热得汤煮似的了,山屋里却还保持着相当的凉爽。坡上是通风的。四围的山松也有够浓的阴凉。敞着窗,躺在床上,噪耳的蝉声中你睡着了,噪耳的蝉声中你又醒了。没人逛山。樵夫也正傍了山石打盹儿。市声又远远的,只有三五个苍蝇,嗡飞到了这里,嗡又飞到了那里。老鼠都会瞅空出来看看景的吧,“蝉噪林逾静,鸟鸣山更幽”,心跳都听得见扑腾呢。你说,山屋里的人,不该是无怀氏之民么?

夏夜,自是更好。天刚黑,星就悄悄地亮了。流萤点点,像小灯笼,像飞花。檐边有吱吱叫的蝙蝠,张着膜翅凭了羞光的眼在摸索乱飞。远处有乡村味的犬吠,也有都市味的火车的汽笛。几丈外谁在毕剥地拍得蒲扇响呢?突然你听见耳边的蚊子薨薨了。这样,不怕露冷,山屋门前坐到丙夜是无碍的。

可是,我得告诉你,秋来的山屋是不大好斗的啊。若然你不时时刻刻咬紧了牙,记牢自己是个男子,并且想着“英国的孩子是不哭的”那句名言的话,你真挡不了有时候要落泪呢。黄昏,正自无聊的当儿,阴沉沉的天却又淅淅沥沥地落起雨来。不紧也不慢,不疏也不密,滴滴零零,抽丝似的,人的愁绪可就细细地长了。真愁人啊!想来个朋友谈谈天吧,老长的山道上却连把雨伞的影子也没有;喝点酒解解闷吧,又往哪里去找个把牧童借问酒家何处呢?

你听,偏偏墙角的秋虫又凄凄切切唧唧而吟了。呜呼,山屋里的人其不怛然蹙眉颓然告病者,怕极稀矣,极稀矣!

凑巧,就是那晚上,不,应当说是夜里,夜至中宵。没有闭紧的窗后,应着潇潇的雨声冷冷的虫声,不远不近,袭来了一片野兽踏落叶的窸窣声。呕吼呕吼,接二连三的嗥叫,告诉你那是一只饿狼或是一匹饥狐的时候,喂,伙计,你的头皮不会发胀么?好家伙!真得要蒙蒙头。

虽然,“采菊东篱下”,陶彭泽的逸兴还是不浅的。

最可爱,当然数冬深。山屋炉边围了几个要好的朋友,说着话,暖烘烘的。有人吸着烟,有人就偎依在床上,唏嘘也好,争辩也好,锁口默然也好,态度却都是那样淳朴诚恳的。回忆着华年旧梦的有,希冀着来日尊荣的有,发着牢骚,大夸其企图与雄心的也有。怒来拍一顿桌子,三句话没完却又笑了。哪怕当面骂人呢,该骂的是不会见怪的,山屋里没有“官话”啊,要讲“官话”,他们指给你,说:“你瞧,那座亮堂堂的奏着军乐的,请移驾那楼上去吧。”

若有三五乡老,晚饭后咳嗽了一阵,拖着厚棉鞋提了长烟袋相将而来,该是欢迎的吧?进屋随便坐下,便尔开始了那短短长长的闲话。八月十五云遮月,单等来年雪打灯。说到了长毛,说到了红枪会,说到了税,捐,拿着粮食换不出钱,乡里的灾害,兵匪的骚扰,希望中的太平丰年及怕着的天下行将大乱:说一阵,笑一阵,就鞋底上磕磕烟灰,大声地打个呵欠,“天不早了。”“总快鸡叫了。”要走,却不知门开处已落了满地的雪呢。

原来我已跑远了。急急收场:“雪夜闭户读禁书。”你瞧,这半支残烛,正是一个好伴儿。

一九三四年四月六日,青岛万年兵营

野孩子

万年山下一带潮湿的地方,有一群野孩子。朝朝暮暮他们都混迹在垃圾堆里。衣裳是那样褴褛的,手脸也涂抹得够肮脏;恰像绿女之于紫陌,繁星之对晴空似的,他们同苍蝇做伴,给垃圾堆平添了一种恰如其分的点缀。六七岁到十一二岁,男女算来总有十来个罢,跑啊跳的有时很觉其乱噪噪呢。他们早晨不知从哪儿来,可是太阳出时他们都从哪儿来了;夜晚也不知回哪儿去,然而黄昏过后又都回哪儿去了。他们仿佛都有个家,也有一对爹妈;又仿佛什么都没有,只是孤苦零丁的,你看他们白天不是都没人管的么?谁也不管!只任着他们纷纷地从人丛中挤了出来,又纷纷地挤进了人丛中去。他们仿佛是人群的剩余。

垃圾堆里的矿产并不饶富,毕竟是太荒芜啊!烧残了的煤碴,摔瘪了的洋铁罐,算是大宗出息了;余如烟卷头,杂色的破布败絮,绳头儿纸屑儿,烂铅碎铜,都是兼收并蓄的,但有毫厘用处就是他们的收获呢。取舍之间,畛域殊微乎其微。

货色的供给,全凭那一部白马拖着的大车,每日一来二去是无定规的,因此这群小小矿工,工作也就没有准时了,挖掘比了玩耍,怕是后者还来得更快勤些。可是他们玩耍的花样也多得很喽,赛得过白云苍狗的变幻。一种玩耍在他们简直就是一种发明,一种创作。他们引起了过路人注意的是这种种创作，使过路人由厌恶而怜悯，由怜悯而喜欢了他们的也是这种种创作。

中伏，天气炎热的时候，垃圾堆受了熏蒸，常常透出一种噎人的奇臭，那奇臭弥漫开来，周围半里之遥便很难得在那里驻脚。我们的小英雄们似乎对此也无偏好，憩息的空里往往跑到山坡的树林里去换换气，去吹吹风。在那里是有他们的建筑工事的。譬如说，从垃圾堆渡上山坡，必要跳过那夏天特有的一条小溪的话，他们便搬石头折树枝在溪上搭起桥来，小桥曲木，居然也颇有清趣。山坡上露天伫立，如火如荼的骄阳是受不了的，他们便在山崖下动手挖出洞来。洞的广袤足够五六个孩子坐下来"赶牛角"玩"鸡毛蒜皮"那种玩艺。洞口遮以洋铁片，风雨也可暂避。在古昔蒙昧时候，人们穴居野处，那情景去此怕也不过伯仲间罢？小孩子身上原就赋有不少的蛮性。

又譬如冬天，朔风凛冽地刮起来，砭人肌骨，重裘深居的人有时还禁不住冷得要打哆嗦，你说我们的小英雄只一袭破棉布衣，甚至破棉布衣而无之，他们不会冻得抽筋么？就算小孩子血旺，也当不了什么。为躲避这种霜雪风寒，他们也是有办法的。过路人啊，你得叹服他们的奇绝。在你匆匆走过又匆匆回来的时候，空无所有的垃圾堆上会给你一所碎石土块打墙，枯枝麻布袋盖顶的小屋子看呢。即使工程算不得浩大，你却要记住它建造的神速不是。像柳迎春之出入寒窑，低了头钻进门去，蜷伏下，都快乐得像打呼噜念经的狸猫。拥拥挤挤的那一群，欢笑之声可达路侧。

春秋天，不冷不热，上树爬山是他们顶叫好的游戏了。他们上树的本领可真不错，差不多比得了猿猴。高兴起来就坐在树杈桠里打打磕睡的时候都有。爬山，你也非佩服他们不可：不怕峭壁，不怕巉岩，也不怕羊肠鸟道的石子嶙峋，惯常赤着脚就奔上了山巅哩。竞赛着，呼啸着，山谷都匍匐地起着回响。有时颇陡的下坡，绿草离离的，他们忽而不高兴跑了，便索性头脚弯作一团，像抛一方土块似的滚将下来，几时到达平地，才立起来，抖抖土，脸上挂一副骄蹇的笑。路旁有人会替他们鼓掌助兴罢，可是也有人禁不住掉下泪来呢，虽然不知那是高兴还是悲哀。

他们能翻跟头，能做各种各样的鬼脸；好事的过路人有时想给他们一个铜板，要他们耍那么一套，他们不，一转脸就拾煤球去了。仿佛他们并不拿玩艺来卖钱。他们会排了队演兵操，因为附近就是营盘；也会百码竞赛，或架了竿子跳高，因为离不多远也有一个运动场的缘故。他们学学堂里的男女挎了膊臂走路，也学去公墓送丧的乐队吹大喇叭，会的把戏太多了，看来他们是那样的聪明伶俐。

他们的吃食不从家里带，那是有着另一种来源的。来源就是兵营同学堂的剩汤残饭。那种剩汤残饭，油水是不多的，也不干净，但充饥不是还有余么？荒馑年，再遇着兵匪灾患，草根树皮都拿来填肚皮呢。世界原是如此的世界，人也是如此的人啊。

在这群小鬼头们中间，仿佛奉养着一个老头儿；看年纪，老得那样龙钟，应当是他们的祖父或曾祖父之流罢，不过仔细观察起来，他们又似乎并没多少血统关系。只是大家领有了这方疆域，便大家不分你我地混了下去；尊敬长者的念头，又使他无形中“有酒食先生馔，有事弟子服其劳”。都是天涯沦落人啊！谁反对垃圾堆就是他们的田园，垃圾堆就是他们的家呢？谁怀疑老头儿就是小鬼们的祖若父，小鬼们就是老头儿的子女呢？

除了那位衰残的老人，野孩子队里还养了一条狗。那是怪瘦的一条黑狗。那样黑，卧在垃圾堆上颜色是分辨不出的。那条狗的生活就如同野孩子们的生活，连五十步百步都不差。吃是同样的吃，住是同样的住，玩也是同样的玩。野孩子爬山，它也爬山；野孩子滚坡，它也滚坡，野孩子翻跟头，它也翻跟头；野孩子拣煤球，它也在煤球堆里爪抓鼻嗅。吃时它吃,睡时它睡,那完全是人畜同科的。就一点差劲处:野孩子相将爬树时,它却不能,只好横冲直撞叫嚣狂吠而已。

野孩子们的习气够多;阳光里扪虱,午饭后小睡,破洋铁筒里养迎春花,喂麻雀,拾山柴烤火,秋来山洞里铺枯草落叶,都是随着季节定转移的——可是他们也吸烟呢!就看来还不满六岁的那个也吸。垃圾堆拣得了烟头就吸烟头,连烟头也没有的,就将那些龌龊的碎纸晒干卷起来当烟吸。喂,过路的人啊,你看了心上不发凉么?

"都是谁家的孩子呢?"

有人在流着冷汗。

我愿意有那一天,万年山下再没有了垃圾堆。万年山下再没有了像垃圾似的那些垃圾堆上的野孩子。只市镇里街头巷口站得有像露西亚似的那由小流氓编练而成的认真而有精神的小冲击队。

"口令!"你听,他们在喊。

一九三四年四月,青岛

啼晓鸡

犬守夜，鸡司晨，殆与人之食色相似，那是天性。

从很早就向往于"鸡犬之声相闻，人至老死不相往来"那种古朴的乡村生活。狗吠深巷中，鸡鸣桑树巅，渊明翁《归园田居》里的名句，也是从心底里爱好着，玩味不置的。这还不是什么遁世思想，有以寄迹山林；实是田野风物，那竹篱茅舍，豆棚瓜架之类，所给予的熏染过深的缘故所致。

在都市里，烟囱，楼厦挤得满满的；处处都是摩托车霓红灯，金与肉的辉映。人们黄昏起床，黎明就寝，昼夜生活压根给它翻了个儿，对守夜司晨的鸡犬之声他们怕很生疏吧。那同古昔战场上长矛盔甲一样，在氯气炮坦克车的队里，怪嫌寒乞的。于今，报晓么，有自鸣钟，有早号，汽笛；防护么，有警察，红头阿三。鸡狗禽兽之裔，还不滚一边去！你看，一更二更敲着梆子过夜的更夫，都躲到僻静的城角落去了呢。

可是，虽说如此，对喔喔的鸡啼，汪汪的犬吠，还是觉得有些亲近。无论在哪里听到，总仿佛遇故知还乡里般情味，这也许是没落的表征吧，对这点没落却是固执着的。你且想想看：秋天，晌午时分，老大的太阳，正煦暖地晒着，温都都的；在乡间，一个小村落里，谁家禾场上秋收后一大堆草垛的顶上，高高站了一只丽花大公鸡，骄傲地昂着头，尾上长长的飘翎招展着，那样洒脱，那样美，映了日光在熠熠闪耀。它遥遥地先兀自向四方眺望一会，忽然伸长了脖颈，“哥嘟嘟”，响亮地叫起来了。停一息，听了听什么，“哥嘟嘟，嗽……”又叫了一声。紧跟着，村南村北，村东村西，不知有多少雄鸡，百数十个吧，也一齐答了应声；这里喔喔，那里喔喔，远远近近，嚷成一片地闹着。你不神往么？草垛跟前，谁家烂漫天真的孩子，手指点在腮边，红红的脸，都看呆了呢。“咯咯哒，咯咯哒”，你瞧，偏偏那边又来了母鸡生了蛋的呼唤，真教人高兴！要是太平丰年，家给人足的时候，在这一阵正午的鸡啼声里，你想象不到家家的饭菜香，及那食桌边熙熙和乐的情趣么？

犬吠呢？你且别怕。虽则踏入一座山庄或走近一家宅院的时候，总会有瘦的，肥的，波波嗡嗡的大小狗，以凶凶嘴脸向你袭来示威；然而它不致就伤害你的，不过虚张声势，迎你过来送你过去而已。若真的在一家门口伫立稍久的话，那吠声便会给你唤出一个人来。“狗！谁呀？”清脆娇婉的声音，说不定还是一位桃花面素朴的姑娘哩。要是熟，就请进作个客人；不熟，“这家杏花开得真好！”或“枣都红满树了？”说了一句话就走也行。那条狗，一壁厢，却已用亲熟的目光注视着你，摇了尾巴了。

怎么样，可过瘾？

若然有工夫，以袖手旁观态度，看看鸡斗，瞧瞧狗打架，不也有趣么？你看那胜者的趾高气扬，败者的垂头曳尾，就很令人兴感。甚而爱管闲事，以同情心驱策，都想打打不平。可是我不劝你去学唐明皇：因了喜欢民间清明节的斗鸡戏，便在宫中修了鸡坊，选六军五百小儿，养千数长安雄鸡，来驯扰教饲。那是满可不必的。“软温新剥鸡头肉”，不客气，咱们万岁爷晚年原有点儿荒唐。养狗，而至喂肥了无所事事，去看它赛跑，逗裙边旋风呢，也无聊；酒色财气，鱼鸟狗马之什，成了癖，是都足以使人不争气，堕往泥潭里去的。

要真的像孟尝君的食客，鸡鸣狗盗，也罢了。本来么，鸡叫开关，偏偏夜才三更，不到鸡叫时候，你就学那一声，骗一回塞边鸡，骗一回守关人，有啥关系？总比愁白了头发还过不去关好得多多不是。看来伍员是比较笨的。“绛帻鸡人报晓筹”，《周礼·春官》中就有所谓祭祀夜呼以警百官早起的“鸡人”在。

说回来，犬以守夜吧，夜里犬吠却有点怕人。特别那一阵紧一阵慢，村犬狺狺然的齐声乱吠，就往往把孩子们关在了被里。以为哪里又遭了蟊贼了。大人们也不敢睡熟，惯常坐起来，放土枪，警备万一的不测。鸡啼呢，就好：长夜漫漫何时旦？当你在旅床上辗转不寐，风雨夜雷电交迫的时候，啼鸡一声，就有了盼头了。尽管是漆黑漆黑的黑夜，总敌不住一遍遍的鸡声相催，慢慢地东方欲白，月没星稀，就黎明了，就大亮了。

农家春耕季节，鸡叫头遍长工就起来喂牛。鸡叫三遍就带了犁耙绳索上坡。最怀念：闪灼的星天下，料峭的春风中，鸡啼声里，犬吠声里，那伴了三头耕牛，两只猎狗，一车农具的上坡人啊。咯啰啰的说话，隐约约的人影，犹如梦中。在跟前你不愿同他们一块儿走走么？于我是迷恋着的。还有，除夕夜阑，祠堂前，家人正围绕着发纸马，烧金银锞，放鞭炮的时候，五更鸡啼也一声声繁了起来，那情景又是怎样的静穆，深远呢。很多人童年记忆的网里，对此怕就打着很密的结吧。

鸡鸣的时辰真怪：在夜要欲曙天，在昼要日当午；阴雨也罢，冷暖也罢，到时辰就喔喔地啼了起来。且是那样有尺寸斟酌的。你万物的灵长啊，康德老先生那有名的哲学散步，虽以时间的准确，惹了人的异常叹服，但比之唱晓雄鸡，不是还有点距离么？是不想，想来确够神秘。

有闻鸡起舞的故事，有长鸣鸡的传说。有野鸡群鸣的古磨笄山。朝有“束带待鸡鸣”，野有“鸡声茅店月，人迹板桥霜”。——喂，你锁在都城的朋友，笼里金丝雀与夫架上鹦鹉听够了，何妨于星月夜，驿桥边，胸怀郁悒时候，去听一听那千户万户的鸡鸣犬吠声呢。它是可以给你很多慰安很多鼓舞的。不信，前路茫茫正自踌躇当儿，隐隐的雄鸡啼处，山那畔村舍就不远了。

一九三四年十月，于“山屋”

梦到平沪夜车

不必送啊。说着说着站台上还是挤满了衫袖。

“上车吧!”

“回去吧!”

……铃声锵锵唧唧地响。

红旗卷起,绿旗展开了,丢着帽子,摇着手帕,呜——那一声汽笛!隔窗的一群小女孩在呜呜咽咽地哭呢。车蠕动了。我攀着铁的栏干,踩着车门前的踏板,是怎样想一发跳下来:“干么走!”几乎是怨恨的心绪。想着一个人的寥寥数语:明天不送你,好好的!望着朋友们归去的背影,苍然的古城一点点移向后去了。黯然地走进车厢,木然地坐下,眼底满是模糊的影。喔,漫漫长途,上路了。

时候是傍晚,夕阳偏斜地洒着余晖,地上投着树木房屋疏冷散乱的阴影,离开雄伟颓壮的女墙,便是点缀着若干村舍的近郊了。不敢面对旅伴,彼此都是带着太多的委屈,姑且向了车窗望大野指去。

……一尊古塔,一座红庙,刻镂着百千年的历史文物,沧桑变迁,像斑发老翁拄了龙头拐杖,捻了霜点的胡须在庄严地蔼然地拖了悠长的音调,话崇祯皇帝吊死煤山和圆明园被焚的遗事,那唏嘘慨叹,使人听了黯然凄然。一拱桥,一树鸦,静静地铺衬了料峭的初春晚景,即使一切沉默哑然,却都是满怀说不出的心事。偶然三五行人,彳亍在阡头陌畔,有的牵了骡马,有的肩了橐囊,踢踢秃秃的脚步与隆隆的车轮融合协调着,谱就了一曲向晚的音乐。是哪里村集散了?将是归去的乡人吧。远望,缕缕炊烟袅绕着秃树杈桠,“渡头余落日,墟里上孤烟。”平安的晚餐哟。

想到了人家的欢聚,便感到自己的漂泊;满车人像堆挤着满车货,个个懵懂懂的,都已起始点头打盹了。真寂寞!恨不得将车窗捣碎,就旷野中擒一匹生马,趁了沙漠吹来的朔风,狂也似的在山里林里荆棘的丛里奔腾一回驰骋一回。

旅愁无自,忽然眼里噙了不知从哪儿来的泪。“没出息的人啊!”心里想,“什么事值得如此感伤?太脆弱了!若是一举一动都要这样黏滞,将来多危险能成得什么事呢?凡事往远处大处看。儿女情肠,孩子癖气,是拿不出门的。”可是没有用,愈想愈想的结果,噙着的泪反而簌簌落下来了。

隆隆……渐渐地,日落,黄昏,车头闯进了紫夜去。窗外边,黧黑,黝暗,恰像杳无涯际的深渊。村舍的浓黑,树木的淡黯,岗峦的起伏,绘就了崎岖百折的虚线,深深浅浅的墨泼。地平线上远远的偶尔一点亮光,闪动着,跳跃着,不知是鬼火还是夜行人挑的灯笼。唔,真是在做梦呢。高一些看,那点点,点点,直撒到天边的星,星。

车厢里也已亮了灰黄的灯光。乘客们都偎依着踡跼着睡了。疲惫的旅途啊!都这样可怜。他们都在做什么梦呢?宁静和乐的故乡?艰难饥饿的荒旱?宝宝祖母的糖果?青年爱妻的温馨?还是风,雨,突突的枪声?啊,做着各种的梦吧。你看,一个蹙了眉头苦丧着脸,一个唇边挂着微笑,唉!醒也是悲欢,梦也是悲欢;这网罗,这樊笼,虽是自由人呢,正笑着忽然哭起来了。正哭着忽然笑起来了。解不开的谜哟!

夜有点凉了。

正是,夜有点凉了。

红灯,绿灯;一站,又一站。真凄凉!站旁连卖东西的都如此寥落。

——烧饼哩!

就只这一个单调的喊声,如许冷清。听了我真想问问:

"喂。伙计,你不睡觉么?这样凉的夜!同伙们呢,都哪儿去了?你穿的衣裳可够厚?你可是提了烧饼的篮子还在饿着?"

天啊!我要呼一声"天"了。

敌人说:"苍天救助我,教我的敌人毁灭吧!"

敌人说:"苍天救助我,教我的敌人毁灭吧!"谁的虔诚他都要,谁的虔诚都没有回响。可是我还要呼一声"天"呢。谁都不懂的怪事啊!自己也是糊涂的。

天生的忧郁癖气,不知怎么爱上了夜晚。一点不想困,便醒着做起梦来了。不在跟前的许多人,久成陈迹的许多事,都挤到眼前来了:逛山跑得喘;夜宴醉了一大半;红烛夜话的满屋男女;未央夜街头的豆腐摊;山巅的诗句:"铁马铜驼卧夕阳""人与树齐高"……沉淀在脑海里的蜃灰,翻开来还是这样新鲜;真是的,生活为什么这样多变!

天津到了。半小时的停留里:坐电车,跑租界买东西,吃宵夜饭,急急跑回,隆隆车又开了。我原是过路的旅客。这些原都是梦境。唉!谁不是过路的旅客呢?谁不是在做梦呢?在这一段匆匆的旅途上,生老病死,悲欢离合,都只是旅途中一幕幕的梦境啊!百里千里,渴睡着的工夫便已到了;十年百年,悠悠忽忽地就过完了。都是够朦胧够潦草的。

隆隆……车行疾也。

假寐一会,醒来是中宵夜了。夜景那样凄其。

"喂,唱个歌怎样?"问旅伴说。"慰情聊胜无",两人呕哑地哼哼起来。离开慈母的两小,本该有人照顾的,却在兀自相互地哄着,眼里都含了泪。——我们彼此的情景,有着如此的比拟呢。有点孤单,亦足相与慰藉;前路,隆隆……地走吧,不怕!

沧州站,栏外盏盏油灯下,都摆了烧鸡。闻香下马,是名产,姑且买只尝尝,一人一条腿,大吃大嚼。相对了笑笑,满手满嘴油。得算享福喽。不是?

再走,隆隆……一觉,两觉;三站,五站,德州了。"吹角连营",那么些马,那么些兵。东方偷偷地白,天慢慢地亮,火红的太阳出来了。

火红的太阳出来了。把流波般的思想,让它一幕幕地消逝,只随了车头,隆隆,隆隆,猛烈地向前冲去。

灯　笼

虽不像扑灯蛾,爱光明而至焚身,小孩子喜欢火,喜欢亮光,却仿佛是天性。放在暗屋子里就哭的宝儿,点亮了灯哭声就止住了。岁梢寒夜,玩火玩灯,除夕燃滴滴金,放焰火,是孩子群里少有例外的事。尽管大人们怕火火烛烛的危险要说“玩火黑夜溺炕”那种迹近恐吓的话,但偷偷还要在神龛里点起烛来。

连活活的太阳算着,一切亮光之中,我爱皎洁的月华,如沸的繁星,同一支夜晚来挑着照路的灯笼。提起灯笼,就会想起三家村的犬吠,村中老斗呵狗的声音;就会想起庞大的晃荡着的影子,夜行人咕咕噜噜的私语;想起祖父雪白的胡须,同洪亮大方的谈吐;坡野里想起跳又跳的鬼火,村边社戏台下想起闹嚷嚷的观众,花生篮,冰糖葫芦;台上的小丑花脸,跪堂谱,“司马懿探山”。真的,灯笼的缘结得太多了,记忆的网里挤着的就都是。

记得,做着公正乡绅的祖父,晚年来每每被邀去五里遥的城里说事,一去一整天。回家总是很晚的。凑巧若是没有月亮的夜,长工李五和我便须应差去接。伴着我们的除了李老五的叙家常,便是一把腰刀一具灯笼。那时自己对人情事故还不懂,好听点说,心还像素丝样纯洁;什么争讼吃官司,是不在自己意识领域的。祖父好,在路上轻易不提斡旋着的情事,倒是一路数着牵牛织女星谈些进京赶考的掌故:雪夜驰马,荒郊店宿,每每令人忘路之远近。村犬遥遥向灯笼吠了,认得了是主人,近前来却又大摇其尾巴。到家常是二更时分。不是夜饭吃完,灯笼还在院子里亮么?那种熙熙然庭院的静穆,是一辈子思慕着的。

“路上黑,打了灯笼去罢。”

自从远离乡井为了生活在外面孤单地挣扎之后,像这样慈母口中吩咐的话也很久听不到了。每每想起小时候在村里上灯学,要挑了灯笼走去挑了灯笼走回的事,便深深感到怅惘。母亲给留着的宵夜食品便都是在亲手接过了灯笼去后递给自己的。为自己特别预备的那支小的纱灯,样子也还清清楚楚记在心里。虽然人已经是站在青春尾梢上的人,母亲的头发也全白了。

乡俗还愿,唱戏,挂神袍而外,常在村头高挑一挂红灯。仿佛灯柱上还照例有些松柏枝叶作点缀。挂红灯,自然同盛伏舍茶,腊八施粥一样,有着行好的意思;松柏枝叶的点缀,用意却不甚瞭然。真是,若有孤行客,黑夜摸路。正自四面虚惊的时候,忽然发现星天下红灯高照,总会以去村不远而默默高兴起来的罢。

唐明皇在东宫结绘彩为高五十尺的灯楼,遍悬珠玉金银而风至锵然的那种盛事太古远了,恨无缘观赏;金吾不禁的那元宵节张灯结彩却曾于太平丰年在几处山城小县里凑过热闹:跟了一条龙灯在人海里跑半夜,不觉疲乏是什么,还要去看庆丰酒店的跑马灯,猜源亨油坊出的灯谜。家来睡,不是还将一挂小灯悬在床头么?梦都随了蜡火开花。

想起来,族姊远嫁,大送大迎,曾听过彻夜的鼓吹,看满街的灯火;轿前轿后虽不像《宋史·仪衔志》载,准有打灯笼子亲事官八十人,但辉煌景象已够华贵了。那时姊家仿佛还是什么京官,于今是破落户了。进士第的官衔灯该还有罢,垂珠联珑的朱门却早已褪色了。

用朱红在纱灯上描宋体字，从前很引起过自己的喜悦；现在想，当时该并不是传统思想，或羡慕什么富贵荣华，而是根本就爱那种玩艺，如同黑漆大门上过年贴丹红春联一样。自然，若是纱灯上的字是“尚书府”或“某某县正堂”之类，懂得了意思，也会觉得不凡的；但普普通通一家纯德堂的家用灯笼，可也未始勾不起爱好来。

宫灯，还没见过；总该有翠羽流苏的妆饰罢。假定是暖迟迟的春宵，西宫南内有人在趁了灯光调绿嘴鹦鹉，也有人在秋千索下缓步寻一脉幽悄，意味应是深长的。虽然，“……好一似扬子江，驾小舟，风狂浪大，浪大风狂”的汉献帝也许有灯笼作伴，但那时人的处境可悯，蜡泪就怕数不着长了。

最壮是塞外点兵，吹角连营，夜深星阑时候，将军在挑灯看剑，那灯笼上你不希望写的几个斗方大字是霍嫖姚，是汉将李广，是唐朝裴公么？雪夜入蔡，同胡人不敢南下牧马的故事是同日月一样亮起了人的耳目的。你听，正萧萧斑马鸣也，我愿就是那灯笼下的马前卒。

唉，壮，于今灯笼又不够了。应该数火把，数探海灯，数燎原的一把烈火！

羽书

羽书，或羽檄，翻成俗话，应是"鸡毛翎子文书"，"鸡毛信"。这东西仿佛是很古就有的。《汉书注》里说："……以木简为书，长尺二寸，用征召也，其有急事，则加以鸟羽插之。"《史记》里也有"以羽书征天下兵"的话。出于古诗词的，更数见不鲜，如：高适的《燕歌行》里"校尉羽书飞瀚海，单于猎火照狼山"，岑参诗里的"羽书昨夜过渠黎，单于已在金山西"，都是。想来，羽书是用之于紧急军事的无疑。因为，古时候虽有睿智如诸葛先生者，能发明木牛流马用作战争利器，但用电波来传话、递报的事却还没人晓得。信鸽呢，难得役使自如；蜡丸书呢，又嫌麻烦费事；于是檄文插羽毛，意使急行如飞，就算尽紧张迅速之能事了。不信，那木简的另一面所常写的"速速速"的字样，就很敌得过于今电文上的"十万火急"。

童年在家乡当小学学生的时候，曾朦胧记得有过"鸡毛翎子文书"下乡的故事。说朦胧，那是岁时月日记不清的意思；留的印象却很深很深，至今回想，还历历在目。

是一个黄昏。黄昏，在中年人易多闲愁，"闲愁似与黄昏约"；在小孩子就易生恐惧。那晚也是。都吃了晚饭罢，巷口有的是立着谈闲天的人。有牵了牛到村边湾里去饮牛的。家家门口的狗在冷打慢吹地吠着。也有谁家妈妈唤孩子的声音。空气很平静,不,又有点儿异样的浮动。忽然一个邻庄的小伙子跑来了,满头是汗。对,是冬天,有点风呢。那人穿着短袄,扎着腰,戴一顶瓜皮毡帽。跑到人丛里,站定了还喘。说是找庄长。问:“什么事?”他喳喳着说:“鸡毛翎子文书!”声音很低,但很清楚,很有力。站在周围听的人脸上都立刻罩了一层严肃与矜持,互相看看,也偷偷回头瞧瞧,气氛恰像深秋的霜朝。我那时虽还小,是头一次听说“鸡毛翎子文书”,但也打了一个寒噤,为什么却不知道。

有人把庄长请来了。不知谁去的,那样快,一请就到。仿佛原就在跟前似的。那人从腰里掏出文书来,又嘁嘁喳喳地说:“口子镇,啊啊,初五鸡叫赶到!三个,啊啊,每人一根白蜡杆,两束干草。啊啊,一庄传一庄。不得有误!不去的烧……”他说着,大家一壁听,一壁看他手里的一个木牌,那就是文书了。方方的,下端有柄,顶头插两根鸡毛,正面写字,是“速速速”。听着看着,人人的嘴都闭紧了,身上顿时充满了小心与力!庄长接过木牌来,手都哆嗦了。即刻吩咐,结果是家里一匹马应差出发了。骑马的是铁蛋百顺。

记得,天紧跟着就黑了,漆黑。我被父亲看了一眼,就跟着家去了。

狗仿佛都不再吠,沉默锁住了全村,像暴风雨的前夜。

那晚,家里的马回来似乎已半夜了。大门是上了锁又开的。

过了几天,忘记是几天了,初五。口子镇上发了大火,烧的是各村带去的干草。县长的轿子在那里被农民捣毁了。坐轿子的是上头派下来的量地委员,受了重伤。县长听说是化装成庄稼老头逃跑了的:穿着破棉鞋,棉袄露了瓤子,也戴一顶瓜皮毡帽。说是一天没吃饭,叫了人家“大爷”,人家才给了一口饭汤喝;都传得有名有姓。

后来事情怎样进展不很清楚，只知道当时城里好几天没有官。要丈量地亩的也不丈量了。

这是一回“鸡毛翎子文书”的事。从那直到现在没再听说哪儿还闹过这玩艺，可是总觉得哪儿是在闹着。速！速！速！很快就集合了大帮人，烧着大火，千万根白蜡杆底下，有人被打倒了，有人被赶跑了，生活总要变变样子。那“鸡毛翎子文书”像雷公电母，又像天使，它散布着风雨，也常是带着幸福，在飞！

八月十五，把异族侵略的敌人一宿中间从中原版图上肃清，民间是有过传说的。那真是悲壮，痛快，可歌可泣的历史的页数！可是谁发的命令呢？多言的嘴是怎样用秘密的封条封拢的？觉得神妙了。我想，传递消息会用的是“鸡毛翎子文书”罢？虽说山遥水阻，交通多滞塞不便，但你晓得，羽书是会飞的！虽说中原版图辽阔，足迹殆难踏遍，然而，速速速，羽书是飞得快的！虽说，敌人已布满了中原，混进了户户家家，作了户户家家的主人，但，你要明白，忿怒锁在了每个中国人的心里，血液都被狠毒煮沸了，即使怒不敢言，笑里也可以藏得住刀子！哪怕它敌人再多些，只要下深了锄，自然会连根也拔尽了的！

啊，“鸡毛翎子文书”飞啊！去告诉每个真正的中国人，醒起来，联合了中国人民真正的朋友，等哪一天，再来一个八月十五！

一九三六年二月四日大风夜

我还没有见过长城

真惭愧，我还没有见过长城。

记得六年故都，我曾划过北海的船，看那里的白塔与荷花；陶然亭赏过秋天的芦荻，冬天的皓雪；天桥，听云里飞，人丛里瞧踢毽子的，说相声的；故宫与天坛，我赞叹过它的壮丽和雄伟；走过长长的西长安街，与挤满了旧书及骨董的厂甸；西郊赶过正月十五白云观的庙会，也趁三月春好游过慈禧用海军费建造的颐和园，那里万寿山下有昆明湖，湖畔有铜牛骄蹇。东郊南郊都作过漫游，即无名胜，近畿小馆里也可以喝茶，吃满汉饽饽。还有走走就到的东安市场，更是闲下来溜达的大好地方。可是，六年，西山温泉我都去过，记得就没去什刹海。为此，离开了故都曾被人嫌弃说“太陋”。说：“什刹海都没逛过，还配称什么老北京！”当时真也闭口无言。有一年发狠，凑巧有缘重返旧京，记得还没有进旅馆的门就雇好了去什刹海的车子。夏天，正赶上那里热闹：地摊子戏，搭台的茶座，直挨着访问了个足够。印象仿佛并不好，心头重负却卸去了。记得第二天，才有空去文津街，进国立图书馆。

现在想：什刹海不见算什么呢？没去看长城才是遗憾！啊，万里长城！去北京只不过几个钟头的火车。

万里长城，孩提时的脑子里就早已印上它伟大的影子了。读中国古代史，知道战国时候，魏惠王、燕昭王、胡服变俗的赵武灵王，都曾段落地筑过长城，来卫国御胡；秦始皇遣蒙恬斥逐匈奴之后，又因地形，制险塞，从临洮至辽东将长城来了个连络的修筑，广袤万余里；工程的浩大，那不是隋朝底运河，非洲底苏彝士*所能比拟的。秦始皇焚书坑儒，建阿房，销兵器，千百年来在人们的脑子里留下的是一个暴君的影子。独独万里长城至今亮在祖国人民的心里，矗立在祖国连绵的山上，成为四千余年文明古国的标志。这不是因为万里长城是秦始皇的什么丰功伟绩，而是因为它是几千万古代劳动人民血肉的结晶！

曩昔，在万年书屋，听主人告诉：有一次趁京绥车，过南口车站，意欲去青龙桥，偶尔站台小立，顺了一目荒旷的山麓望去，遥瞻依地拔天的万里长城，那雄伟的气象，使你不觉要引吭高呼。嵯峨的山巅上是蜿蜒千回的城墙，是碉堡，是再上去穹窿似的苍天。山下是乱石，是谷壑，是秋后的蔓草婆娑。西风刷过，那一脉萧萧声响，凄凉里含了悲壮，令人巍然独立，觉得这世间只有自己，却又忘怀了自己。很记得，主人说时，从沙发椅上跳起来，竖起大拇指，蔼然的脸上满罩了青年的光辉。记得从万年书屋出来的归途，披了皎洁的三五月，自己迈的是鸵鸟般的大步。

又一回，一个青年画家朋友，谈到自己绘画的进步，说几乎像英国拜伦一觉醒来成了桂冠诗人一样，是逛了一次长城，才将笔法放开，心胸也跟着宽阔了的。那谈吐的神情，也简直令人疑惑他生生吞下了一座长城的关口。是呢，听说太史公司马迁周览了名山大川，文章才满蕴了磅礴的奇气。江南风物假若可以赋人以清秀的姿容，艳丽的才藻，塞北的山峦与旷野是会给人以结实的体魄，雄厚的灵魂的。啊，长城！

---

* 今译“苏伊士”。

从山海关一路数去，你知道么？像喜峰口、古北口，像居庸关、雁门关，一个个中原的屏藩要塞，上口真要有霹雳般的响亮呢。一夫当关，万夫莫敌，守得住一处，就可保得几千里疆域。啊，真愿意挨门趋访，去问问古迹，温温古名将的手泽，从把守关口的老门丁和城下淳朴的住户那里，听取一点孟姜女的传说，金兀术与忽必烈的史实。但是我还没去！

朋友，你可想过，在长城北边，那黄河九曲唯富一套的地方，带一帮茁壮的男女，去组织一处村落，疏浚纵横支渠，灌溉田亩，作一番辟草莱斩荆棘的开垦事业么？那里地土最肥，人烟还稀。你可想过，在兴安岭的东南阴山山脉的南部那一抹平坦的原野，去借滦河、饮马图河的流水，春夏来丰茂的牧草，来编柳为棚，垒土为壁，于"马圈子"里剔羊毛，养骆驼，榨牛奶么？那工作顶自由，顶洒脱。不然，骑马去罢！古北口的马匹有名哩。凑煦日当头，在平沙无垠的原野里，你尽可纵身于野马群中，跨上一匹为首的骏骥，其余的会跟你呼啸而至的。不要怕那嚎嚎嘶声，那不是示威，那是迎迓的狂欢，你就放胆驰骋奔腾罢，管许将你满怀抑郁吹向天去。"毡幕绕牛羊，敲冰饮酪浆"，那边塞寒冬霏雪凝冰时的生活，你也想尝尝么？住蒙古包，烤全羊，是有它的滋味的。汉王昭君曾戎装乘马抱琵琶出塞而去；文姬归汉，也曾惹得胡人思慕，卷芦叶为吹笳，奏哀怨的十八拍。巾帼中有此矫健，难道你堂堂须眉就只知缩了尾巴向后退么？

唉，说什么，朋友，我还是没见过长城！在恨着自己，不能像大鹏鸟插翅飞去；在恨着自己，摆不脱蜗牛似的蹊径，和周身无名的链索。投笔从戎倒好，可惜没有班仲升的韬略。景慕张骞，景慕马援，但又无由出使西域，去马革裹尸。奈何！唫，"匈奴未灭，何以家为！"汉骠骑将军霍去病那才算有骨头！无怪他六出伐匈奴，卒得威震异域。

我还没见过长城！但是，长城我是终于要见见的！有朝一日，我们弟兄从梦中醒了，弹一弹身上的懒惰，振一振头脑里的懵懂，预备好，整装出发，我将出马兰峪，去东北的承德，赤峰；出杀虎口，去归绥，百灵庙；从酒泉过嘉峪关，去安西、哈密、吐鲁番。也想，翻回来，再过过天下第一关，去拜拜盛京，问候问候那依旧的中国百姓！

长城，登临匪遥，愿尔为祖国屏障，壮起胆来！

一九三六年二月十七日

记 乱 离

告诉你们哟,离散了的学生们！在一个月前还被你们偷偷地呼着“青年校长”的人,现在是穿了一身“二尺半”,披了一条武装皮带,变成一个不折不扣的军人了。在每个人不与死搏斗便不能活下去的这伟大的时代,生活的变幻真像白云苍狗,放下书本,扛起枪杆,正如瞬眼前的高楼大厦瞬眼后沦为断井颓垣,是莫可预测的。须知这一九三七年日寇发动的侵华战争,是我们神明华胄五千年来空前的浩劫,凡是黄帝子孙谁都有份,谁都无可逃脱的。

我们,四百人,为了救亡,将我们的学校,那和平日子弦歌的乐土,忍着痛白白地抛弃了。总还记得吧,出发的那天早晨,大家冒了大雨后仲冬的寒冽,鸡叫就起来,不点亮灯,彼此摸索着收拾行囊,四百人竟也听不到一点什么杂乱的声息。沉闷是那时的悲歌啊！一声集合的号音,将我们赶到广阔的操场去,记得微茫的星光下,黑黝黝整齐的队伍里发出了多少悲壮的嘘唏。我们不是也点了灯去礼堂么？举行休业式,顺便也互相话别。记得静默后大家不约而同地呼“中华民族万岁!”那响彻霄汉的声音,真足振顽起懦,吓破敌人的狗胆。说什么话的时候,告诉你们不要难过,偏偏几个女孩子要嘤嘤地哭出声来,弄得大家都禁不住落了眼泪。仿佛已别离了多久,各人心里都充满了拨不开的想念与委屈似的。

后来我们终于出发了,校门前大家郑重地举手敬礼,落在“枪在我们的肩膀”那歌声后边的,是那么整齐的房舍,精致的校园,满藏的图书仪器,同千万种回忆与怀念。那时,你们每个人心里都在问着吧,“什么时候回来呢?”“什么时候大家再在此相见呢?”也说“亲爱的学校！亲爱的先生同学”吧?路慢慢地远,心也慢慢地沉重起来。不是?频频回首,“挥手泪沾襟”了。

离开学校,命令是集中训练,从东海边岸以产梨著称的莱阳到临沂去,旱路是七百里遥远,代步的虽也有脚踏车,但大半却只能步行。记得晓行夜宿,风霜苦辛,凡过即墨、高密、诸城、莒县,整整走了九天。脚上磨起泡来的,嘴上生起疮来的,比比皆是。可是你们都不以为苦,觉得同前方枪林弹雨中浴血抗战的将士比,算不了什么。看看你们风尘满面,走路一瘸一拐的样子,偏偏又笑着说那种“不累不累”的大话,真觉怪可怜,但又是多么喜欢人的青年的心啊！只要同你们在一起,仿佛什么疲劳都可云消雾散,什么懒散人都该奋发鼓舞似的。

可是临沂的集中,使我们失望了。混蛋的,只知逃退的那时的山东长官,不给训练的经费,没有训练的计划,不派负责的人员,像烈火上浇了冷水一样,人们的心全灰了。那时候,前面是火急地需要工作,周遭却布满了那样多牵扯的绳索;你们抑制不住内心的热情,胸际的郁闷,你们继续地前进了。有的去西安,预备参加八路军,那曾用游击战获得辉煌胜利的队伍。有的去洛阳、开封,准备学驾驶飞机。也有的到徐州加入了某战区的军队。记得你们走的时候,与你们分别作过彻夜的长谈。把各种将来会遇到的困难详细说给你们听。问你们,钱够不够?你们说:“不要紧,我们有双脚跑路,有两手做工,只要劳动就有饭吃;万不得已,流落为乞丐也是情愿的。”问你们可会想家?你们说:“国还顾不了,要家干什么!”那回答里流露出的铁一样的意志,问话的人倒觉得惭愧了。

告诉你们,到外边自己就是自己,身体要格外注意,该吃的时候好好地吃,该睡的时候好好地睡,乍寒乍暖是没人关心你的。旅伴就是弟兄,团体就是家。记得那时你们一壁笑着答应着,一壁眼里却含满了泪水。又后悔在那离乱的时候说那些触人伤感的无聊话了。实在人们相聚太难,相别又是那样的不容易啊!想起了将你们一个个从慈爱的父母手中领出来,却随便地将你们撒手遣散,内心着实负疚太深。若不是一颗钤记的责任拴着我,我真愿意带你们走,管它是天涯还是地角!总觉大家在一起,即便互相关照是小事,至少可免掉悬悬之苦啊!常常想:你们虽都已将近成年,总还是些孩子;没自己跑过三百里以上的远路,没有半年离开过亲友家乡,能做些什么呢?真怕你们带的那一点点钱用尽了,前路又渺渺茫茫的时候,会遭受什么委屈和苦困。

你们走后,在临沂有几天我像失群的老雁,又像一个勤苦的老农离开了他的锄头和田园,流不出眼泪,也唱不出歌。孤寂、烦闷、无聊,使我犯了日常劝止你们的那些坏习惯:喝了两次酒,也吸了够多的纸烟。后来,你们远远从西安寄信来了,我才稍稍高兴了一点。那长长的信里,说你们怎样乘免费火车,又怎样步行;翻山越岭,走过多少崎岖的路;早起晚睡,吃过多少异乡的苦头。怎样遇着敌人的飞机,躲飞机将护身的借读证书都失掉了。又怎样宿野店,逛古迹,遇散兵……读你们的信,一会喜悦,一会兴奋,一会悲酸,心绪真复杂得无可言说。当时曾按你们告诉的通讯处写过回信给你们,不知收到没有?翘首云天,令人悬念不止!

告诉你们啊!现在我也同你们一样,远离乡井随军工作了。家乡正因了敌人的节节进逼,同"青天"军队的望风逃窜,受着非常的摧残。敌人铁蹄下的我们的父母兄妹现在怎样的情形,真不敢想。每每读到报纸上敌人奸杀焚掠那种种兽行的记载的时候,辄令人心痛如割。且让我们将愤恨记在心里,变成一种与日俱增的诅咒,让复仇的手臂,握紧了锋利的刀枪,对准敌人底头颅厮杀吧!

入伍来虽不过二十多天,经历却颇多新奇、紧张,值得记忆的事。将来有机会,愿意一件件告诉你们。写这些话的时候,我正在淮河舟中,带了一帮像你们样的男女新兵向寿州进发。昨天在正阳关,听旅馆隔壁一个剧团排演《放下你的鞭子!》,唱各种救亡歌曲,令我特别想起了你们。因为他们每一句剧词、每一曲歌声,都是你们曾经演过、唱过的。“先生,你不知道一个人挨饿的时候那种疯也似的心情啊!”香姑娘这句话该还熟悉吧,可是我们扮香姑娘的漱芳同学哪里去了呢?“起来,不愿做奴隶的人们!”《义勇军进行曲》的声调,也是沿途处处听得到的,然而我们的救亡歌咏团却风离云散了。想来真不胜浩叹!啊,人生是什么奇怪的东西呀!它给你快乐的时候,同时也给你预备下够多的痛苦。今天说着笑着的人们,明天也许就相对哀哭。要么就将心肠变硬些,不然,在这吃人的世界,这险恶的旅途,微微脆弱一点的人是会发疯的!

你们身体都很好吧?都在参加着什么工作?一块出发的人也还都在一块么?想家来着?疲劳的夜里可有故人的梦境?——寿州城北八公山,是晋谢玄击败苻坚的地方,当年风声鹤唳,草木皆兵,苻坚败得的确够狼狈。我们在这里,差不多天天有敌机空袭,危险是很危险的,可是我们也有着下棋等捷报的谢将军的从容与镇静啊!单等那一天,同敌人来一次淝水之战,让去苻坚还差千万级的侵略者片甲不回!

一九三七年底

夜发灵宝站

东开的辎重汽车，在函谷关下被阻于弘农河窄窄的木板桥，我们便有了在灵宝车站改乘火车的机会。啊，阔别了八个月的火车，睡梦里都是汽笛的鸣声呢，像对人一样，热切地想念着。

时候是初冬，一九三八年十一月十七日。

灵宝车站，北面正对着与铁道平行奔流东去的黄河；黄河水翻滚着混浊的泥浆，忿怒似的发着汹涌汩汩的声音。天气是阴沉的，傍晚时分而看不见夕阳，风不大却遍天弥漫着黄腾腾微细的尘沙，又清冷，人们的心情也就极容易凄切冷寞了:像有家归未得。

在这种乡僻野站，惯于行旅的人该会记得吧？承平年月风和日丽的时候，一定是:打扫得清清楚楚，在碎砂铺就的站台上，来往踱着穿了青色制服的路警，那么干净利落，迈着匀整的脚步，皮鞋踏地发着踏踏的声音，再配合着哪里传来的一两声口哨，候车人，哪怕是辞家远别呢，心里也会透上一脉轻松。车站旁边少不了摆几个小摊，卖花生，卖糖，卖冰糖葫芦和纸烟，吆喊着，竞赛着嗓音的嘹亮，专等那些出门大方和候车感到无聊的顾客。车尽不来，三等候车室里无妨“摆龙门”，唱二簧；一听电话的铃声响了，呜呜的叫号吹了，白天打了红绿旗子，夜里提出了红绿灯，人们这才争着买票，扛行李，向站台一哄挤去……

于今，那情形已成了梦境了。回忆里该是温馨的。一想到“坐火车了”，你绝不会相信这段陇海路上的火车是你可以自由乘坐的唯一的火车。这站上荒凉的情形也正是中国各条铁路各个车站一般的情形：票房没有了门，没有了窗子；递票的地方是用破碎的煤油木箱拼凑起来的。候车室没有顶，整个地露着天空。屋角落里过去是安放公共坐椅和痰盂的地方吧，现在却堆满了砖块同瓦砾。指示站名的路标，只剩了“车站”两个字歪斜地挂在要倒的柱子上。站台上看不见穿着整齐的路警，也不见戴了黄箍帽的站长那样的人物。没有小摊，没有红帽子行李夫，只零零落落三几个候车人，兵、难民，在焦躁而又忧戚地徘徊着，在小声咕噜地说话。比较嚷得高声些，话也仿佛津津有味的是一位胖胖的站务司事。

站务司事，矮矮的，胖得眼睛挤成一条细缝，说话时脸微微向上仰着，腰挺得很直，短短的两只手臂交握在背后，一顶漆光的黑军帽，一身蓝布制服，告诉着他的身份和履历。当你走过去的时候，你可以听到他正在回答一个旁边人的问话：

“……这不是飞机炸的，是隔河炮轰的，足足放了三百多炮。一炮打中了水塔，你瞧水塔全毁了；一炮照着候车室过来，就将这候车室的顶盖给揭去了。”

说着，一一指给你，并告诉你隔了黄河的东北方，那一抹树林后边的高地就是敌人的炮兵阵地。

“这里来过飞机么？”有人问他。

“来过，可是没有下蛋。这里老百姓不怕飞机。说：‘喜虫（麻雀）满天飞，有几个把（屙）在人的头上！’大炮却不同，因为领教过了；不过慢慢地习惯了，也就不觉什么了。反正敌人放炮，咱就躲开；敌人不放了，咱就再回来。想到这边来是不容易的；黄河是天险，老百姓是血肉长城。”

站务司事言谈间是饱经世故的神气，自信力极强，兴致很高。

“车站被轰的时候伤人没有?”又有人问。

“怎么没伤人！吓,二月十三那天是敌人第三次放炮,老李躲在水塔底下,不是炸得连尸首都找不着么？——真惨！这碑上贴了个耳朵,那树上挂了半截腿。您不知道,这墙上一块块黑糊糊的地方就都是当初炸飞了的碎肉。

“说来也该着。十二那天,二十七次车刚到,隔河的炮就响起来了,轰隆！轰隆！客人跑了个精光。两个护路的弟兄说我们也躲躲吧,这时候不会出岔子。谁想两个人脚刚刚踏上站台,就着了一炮。一个弟兄当场死了,又一个受了重伤连半点钟没能挨过也完了。老李那天还从他们身上摸出来一颗怀表,两张五块钱的交通票,谁想第二天他也跟着走了。……”

“啊!”四围听的人摇摇头,沉默着,正替牺牲了的人表示无限的哀悼与感触的时候,站务司事却又换了另一种语调说了另外一些事：

“哼,什么世道啊！我十五岁吃火车饭,现在五十五,整整四十年了,从没过过这种日子。内战打过多少,却总是前线弟兄们拼,绝不会乱杀乱砍,老百姓也跟着遭殃。谁怕过！现在世面却见大了。

“就说这火车,那会见天价准时到准时开;蓝钢皮,头二等卧车,那才叫体面。于今好,连铁闷子,敞篷车还都不按钟点……”

天黑了,夜幕盖下来,也刮起了凛冽的风。

是的,去年年底徐州到蚌埠我走过津浦路,记得那时为了避免敌机轰炸趁夜才能开的车,多半是载运难民同军队的。随了军队开拔的那天夜里,候车的时候看见偌大一个车站,站台上却只能找到一两担卖烧酒的摊子;摊子上点一盏灯笼,生一笼火,算是左右的光亮,够黯淡了。人,乱嘈嘈的,杂沓得很。虽也有说笑,总觉无限寂寞与凄凉。望望天上的星,冷冷的,满怀说不出的凄苦。

今春过郑州,正赶上午夜;独自一个人,下车找不到行李夫,找不到车子,孤单得仿佛整个车站就只你一个从那里飘来的影子。

车前两颗妖怪眼睛似的灯,射着惨白的耀眼的光,躺在光波里的是车站两旁被炸得东倒西歪残破的街屋。随便碰见一个什么人,问问他:

“这里旅馆都在哪里?”

“哪里还有什么旅馆,靠近的房子差不多都炸平了!”掷过来的是这样冰冷的不耐烦的回答。

像做着噩梦一样,跟着只能吃饭不能留宿的小饭铺里的伙计,走到荒野里草草搭就的席棚里,好歹混了半宿;豆大的灯光下写信给朋友的时候,疑惑自己是误入荒冢的孤魂,几乎发了疯。

也是今年春天陇海路上坐胶济车,正遇着一个胶济铁路的工人,同他靠车窗谈起青岛来,像数家珍,他告诉我那辆车厢的故事。他说:“这是当初做过‘国际列车’的,夏天避暑的时候,由青岛可直通北京。坐垫做得特别讲究,特别软。头等车不算,额外有卧车,有花车、游览车;还有洗澡间、吸烟间。……到车上来,真是什么都有了,住家也没有那样便当,那样舒服。现在好,人失了业,车也落拓到这个样子了。”

他忽然转过脸去,用手抚摸着车窗的玻璃,尽自向外望着;看得出的,他眼里满是眼泪!

唉,我们的地方,我们的人啊!为什么被那些野兽如此地践踏蹂躏?多少事实激动你,心狠,真足将牙根咬碎!无缘无故就跳了起来的事是常有的。然而那时轰炸罢了,侵占罢了,自家的铁路终还有几条可以往来畅达啊。如今,如今却只剩了这陇海路的半段!可是,剩了这半段铁路的今天,我倒感到那些时候感情太脆薄、心肠太软了。

现在我踏着的是到火线去的路!

啊,灵宝车站,别了,车厢里摸索着向渑池进展。

已是夜里。车厢里真黑,什么亮都没有,仿佛连听人说话也要摸索着听似的。也只有摸索着听人说话了。不像平时,看秀美的面容,看打盹人的姿态,看书报,看沿途风景。现在真是一无可干啊!——刚好,有哪个部队里一位操四川口音的副官或传令兵一类的小伙子正在演说八路军呢,传奇一样,有枝有叶的,听来很有味道。

“……我亲眼见过朱师长,脸黑黑的,穿得破布褴衫的,戴一顶鸭舌帽。经常连个护兵也不带,就出来和老百姓一块儿晒太阳谈天。——哼,从前还‘围剿’,好容易,四下里围得紧紧的,水泄不通,以为这回可跑不了啦吧?却不知他老人家早已拄着小拐棍慢步逍遥地走了。从你眼前过,还抬头看了你一眼,你却不知道。

“人家真行:说打日本,就打日本,自家人无论多大仇恨,都一笔勾销。

“人家本来好么,无论官兵夫,一律待遇:每月一块钱饷,就大家都一块钱饷,小兵一块,师长、旅长也一块。

“人家打仗也算凶,敌人明明知道八路在那里,飞机大炮一齐冲过去,却扑了个空;八路倒是从敌人屁股上打来了,一来就给他个全军覆没。慢慢地日本人听说有‘老八’就跑。问:‘有红红的么?’有,屁不敢放就溜了。这样老百姓学了乖,见了敌人就说:‘红红的,多多的有!’敌人连站都不敢站,掉头就跑。

“日本人说‘八路军神出鬼没’;老百姓说‘八路军满天飞’:你说厉害不厉害!”

听见了听的人们的笑声,才知道这位“八路通”已成了黑暗里半车人倾听的中心。

黑暗中希望在每个旅人的心里抬了头,自己的忧郁也不知到哪里去了。车突突地向前冲着,虽然还是夜里,战地却在眼前开了花。血腥的敌人后方,变成了无畏者的乐园。

一九三八年十二月一日,潞城,故彰

沁州行·“调皮捣蛋”

“报告!”从紧闭的门外边透进来的是这样一声清脆稚嫩的声音。

“进来吧。——‘调皮捣蛋’。”招待所的安主任仿佛很熟悉要来的是谁,便带几分命令似的口吻回答了。

进来的是一个小孩子。装扮得很整齐利落的。合身的鸭屎灰的军装,绑腿打得紧紧的。束扎得方方的铺盖卷,用两条背带背在两肩上,是一个久历行伍的模样。进门先是一个举手礼,手掌笔直地侧举在鼻子面前,位置不怎么合规矩吧,脸上的表情却一本正经。一看就知道是一个聪明的孩子。将行李放在一张小桌上,摘下了小小的皮手套,这才报告说:“我是从游击队来的。”

“‘调皮捣蛋’,又是新生法,想跑就跑啦是吧?”

“我有介绍信么,总务科长叫我到招待所工作的。”

伶俐的口齿,说着做一个鬼脸。引得早就在注意他的屋里的人们大家都笑了。那是我到乌苏第二天的下午,外边雪停了,天气却格外寒冷,不出门,暂时在联络处招待所里休息,听几个农村工作团的同志谈怎样审汉奸,怎样动员群众;听曾经在秧歌班里做过花旦的小勤务员唱“三修善,三战吕布,虎牢关上;有吕布,害董卓,凤仪亭前”,唱“反对老婆拖尾巴”。炉火烧得很暖和的屋里,大家等着吃晚饭,正极快乐。

"该打饭了吧?"一点也不生疏,小孩子洗完了脸,就自动找工作。洗脸的时候,他有一块大大的白兰香皂,还怪羞涩地擦雪花膏。手巾、牙刷、牙膏,早晨漱洗的那一套和几册抗战军人读本,一只口琴,满满装了一挎包。看情形知道他生活很有条理,自己有一种管理生活的方法。

他提了饭钵出门了,安主任这才有空给我们介绍这个出色的孩子。

"……他来了,又是个麻烦。不要瞧才十一岁这样点小人,经验却有一大堆呢。难缠得很!从前在这里待过,人们看他聪明,调他到政治部去,政治部他嫌生活呆板,想打游击,新组织的游击队他又嫌不能打大仗,请求调到旅部;旅部待腻了,再到游击队去,这不是又到联络处来了。"

名字叫王翰文,是篪亭附近流渠村的人。在家不过是个拾拾柴火、爬爬树、摸摸斑鸠的孩子。因为家住得离镇市较近,自然也会捉迷藏、说谎、骂人,那一套街市孩子的顽皮。战争时候,却需要孩子们的乖巧、伶俐、调皮。去年春天,三月初八日本人占了篪亭,流渠也满住了敌人。王翰文起初跟他一家人逃到外乡,后来他和他的祖父、哥哥偷偷回家看看,却被敌人统统捉住了。他说,祖父被敌人骂无用的老狗,当场打死。哥哥被认为是游击队,枪毙了;枪毙前还上了酷刑,挨皮鞭子。一切都是他亲眼看着的。看着祖父、哥哥被人打死,被人拖出去,而敌人还不准他挣扎,不准他啼哭。"你看多难受啊!"——他自己是被扣留下当听差的。

当听差的两天之后,月夜里他趁日本人睡熟了的时候(他们是睡在一块的),悄悄地从窗子里(门上锁了)爬出来跑掉了。当敌人发觉,四个人出来放枪追他的时候,他已经跑远了。因为他地理熟,转几个弯,翻几道墙壁,在罩了银色月光的夜里,远远是不容易辨得出人影的。“跨过了一条小河，”他说，“到了一抹山坡上那就不怕了。”过河的时候迈一步，就将河里的踩脚石搬掉一步，免得日本人利用了赶上他。“箎亭西边不是有一带高坡么？”在山坡上一棵柏树的桠杈里他睡了一夜。“蜷蜷着像一只小鸟。”他自己说。第二天绝早，天刚刚透露微明的时候，他从树上下来，开始了他流浪的生活。在路上曾被难民丢掉的毯子绊倒了，他便拾得了一条毯子，那一直跟着他的唯一的财产。“我以为是什么呢？软软的，吓我一跳；一看才知道是一条毯子。”

路上走着，饿了就在人家门口要点饭吃，渴了就喝一点冰冷的河水。“爷爷、哥哥都被日本人杀了，”他想，“家又不知逃到了哪里，得当兵报仇！”当兵，他决定加入八路军。“八路军有小鬼，”他说，“喜欢小孩子。”但是哪里去找八路军呢？漫无头绪地四处跑着，碰见队伍就问问：“您是八路军么？”足足走了五天。五天只吃了四顿饭。夜里睡在人家的大门口或没有人住的土窑里；“像一个小叫花子。”他说。等出了襄垣，踏进了沁县境，这才碰到臂上挂“八路”符号的队伍。

“同志，你们要小鬼么？”他追述的时候，还可以从他的神气里看得出他当时的高兴。

八路军这支队伍是特别喜欢小孩子的：宣传员、通讯员、勤务员，甚至特务员，都要小孩子担任。普遍将这样的孩子叫“小鬼”。部队里很多干部，就是小鬼出身的。往往年纪二三十岁了，还保留着一种小孩的天真与纯洁。生命力的强韧，做起事来的勇敢与敏捷，都是从小鬼时期就养成了，就带了下来的。——王翰文这样爽利的孩子部队自然是欢迎的。还在行军的当中，就收留了他，派定他给一个政治委员当勤务。

“头一晚宿营，供给部发给我一套棉军装，是大人穿的；我穿上大得简直像棉袍子。”他说着仿佛还想象得出当时臃肿得像老和尚的样子。他指指,棉袄是垂到膝盖那样长的。

他告诉,有一次骑了政治委员的白马出差,在路上遇到日本人的飞机几乎炸死了。那时路上的人叫他躲到树底下去,他不,他要躲在白马的旁边。"红颜色,白颜色,不是最显著的轰炸目标么?为什么要躲在白马的旁边呢?"别人问他,他却有理由说:"不,白马站着不动,飞机上的人会以为是一幢碑或是一块大石头呢!"那次躲在树底下的人有的被飞机扫射受伤了,他和白马却没要紧。

摆起龙门阵来他的故事可多了,经历绝不像一个十一岁的孩子。

"小鬼,你骗人!"在座听的人会不信的。

"不信,你问么。"小鬼却满不在乎,意思说:"信不信由你。"

他说在游击队的时候,他们三个小鬼曾假装得像随便玩玩的样子,半夜去敌人驻扎的一个村子里投过炸弹。连日本人的一个小队长都炸死了。他说每人腰里揣好了两颗手榴弹,大摇大摆地到村子里去,还吹口哨呢,那样自然。日本人的哨兵以为是孩子也就不疑惑。他们跑到事先调查好的日本队长住的房子,还听得日本人正睡得打呼噜哩,便将拉了火线的手榴弹从破了的纸窗里递进去了。听得轰轰隆隆爆炸的时候,他们跑得还并不远,等日本人发觉赶来救人救火的当儿,他们已躲在黑影里听敌人的呻吟与号叫了。"村子外边看救火挺好玩的。"这时候讲来他还觉得意。

又一次,四个小鬼跟了一个侦察班长曾将日本人的哨兵掐死了。他说也是漆黑的夜里,他们五个人摸进了村子,到敌人宿营的地方,敌人哨兵正扶了枪打盹呢,班长偷偷转到他的背后,将他拦腰抱住,掩住了嘴,四个小鬼就把枪给他缴了。把他扼住喉咙弄死也没出半点声息。他说,自此以后敌人放哨都不敢放到街口门口了,要放在屋顶上,放在树上。

这个小孩子,就这样在战斗环境里生长着。他已经很少很少想到家了。军队的生活使他很满意。他在敌人后方随便走来走去，像一条小鱼游泳在大海里；他没有感情的束缚，随处都仿佛是他的家。在乌苏一带同他一路走走，处处都几乎可以遇到他的熟人。“老王到哪里去？”“大胡子你干啥哩？”招呼起来都像老朋友，像久历疆场的战士。他学习虽不很紧张，但他过人的聪明已使他认识很多字了。送信认得出人名地名，买东西可以记简单的账目。安主任有一次说他工作不安心，学习不努力，他反过来批评安主任说：自高自大，不接受别人的意见，不民主，官僚主义。弄得安主任都闭口无言，只好搭讪着说一声“调皮捣蛋”，潦草下台。

同别的小鬼不同，他似乎不怎么喜欢唱歌。在晚上大家闲谈的时候，央着别人唱歌，自己却从不开口。请别人唱歌带几分命令的口气，轮到自己的时候又有一派“谁稀罕唱小曲小调呢”的神情。有些早熟吧？但终久还是一个十一岁的孩子啊。

在乌苏，赶上阳历年，联络处的人大家会餐：十个菜，吃面食，还有酒喝，是相当热闹的。招待所的人大家一桌，王翰文和唱秧歌的小鬼都在座。唱一会歌，喝一会酒，大家都非常快乐。《王桂姐偷南瓜》一支秧歌曾惹得人哈哈大笑：

巧打扮，一枝花，
小小脚儿赛乌鸦……

王翰文的豪饮，也颇使我惊讶。高粱白，一干一杯，四两的壶还不够他自己喝的。散席的时候，他不吐，不躁，只脸儿红红的，说：“我喝醉了。”——是怎样造就的这样一个孩子呢？啊，战斗中锻炼，灾难里抚养，才使他这样硬朗的吧？记得分别时，连半点留恋都没有，倒很爽快地说：“同志，慢慢走，前线再见！”

那坚定快乐的影子，到现在还亮在眼前。王翰文，多老气的一个名字啊，我倒喜欢他那个绰号“调皮捣蛋”。因为他不过是一个十一岁的孩子罢了。

一九三九年一月

神头岭

一道战场，像一部灿烂的史书，那丰饶的页数里是蕴蓄着无尽的宝藏的。这样，作为热心的读者钻研名贵的典籍，我们访问了神头岭。

神头岭在山西的黎城、潞城之间，赵店东南微子镇偏北太行山伸着拖脚的地方。是一九三八年三月十六日神勇的八路军歼灭倭寇的战场。迤南有比干岭，传说商纣亚父比干把心挖出来交给妲己之后，在这里买过“无心菜”。说是比干宰相心虽没有了，但若能挨过一百天之后还是可以痊复如初的。然而就在九十九天的傍晚来了那卖“无心菜”的白发老翁。比干抚着胸口从宰相府出来，问：“卖什么菜？”老翁答：“卖无心菜。”“菜无心还长么？”“人无心还活，菜无心怎么不长！”几句简短的对话，比干仿佛忽然醒悟得自己确是无心人了，一煞惊悸，便溘然长逝。——传说自然是荒诞的，然而这荒诞的传说，却是中国的古人古事。连一个榛莽荒丘都涂得有华夏文明的色泽呵，是黄帝的子孙，谁都有权说是“我们的”！蕞尔倭寇就不要太心高妄想了！

访问神头岭，是一个风沙的春天，去三月十六日的战斗已滑过一年了。那天我们黎明掠过了黎城南关，傍晚跨过了浊漳河。浊漳河石子作底，石子激着流水发出豁朗豁朗碎马蹄的声音。两岸沙滩有密匝匝绿到梢头的杨柳树。稍远是麦色青青的田垄。田垄里有雉鸡乱飞。春的气息洋溢着，杏树也已绽了红萼的苞了。——清明时节。

在路上听说漫流河有社戏。漫流河离神头只三里，绕路并不绕远，我们就先扑向漫流河听戏去。一路村子数来：老雕窠，王家庄，漫流河；老百姓都是当时战斗当中抬过伤兵、运过胜利品的。他们有的吃过日本饼干，有的穿过黄呢子大衣，人人口里都演义得出几件悲欢故事：房子被日本鬼烧了，他们便焚毁日本鬼的汽车；驴子被日本鬼牵走了，他们便夺来日本鬼的马匹。红缨枪换成了左轮子，八音子。王家油坊一所深深的窑洞里被敌人用机关枪扫杀了三十四人，也是王家油坊一家木匠铺在十六日半夜卖给了敌人二百四十个装尸灰的箱子。“牙还牙，眼还眼”，在斗争的熔炉里锻炼着，在肉搏的血海里沐浴着，老百姓像老君炉里跳出来的猕猴王一样，满头霜雪，他们活得更有劲了。处处响着反抗的吼声，处处充满着活泼的生气。

漫流河有社戏，半里外就听见锣鼓喧天的声音了。踏着那素朴雄壮的音乐，走近去，是拥挤的男女在看抬黄杠，踩高跷。男的白布巾裹头，女的红喷喷的面庞挑一握发髻。看来他们都是健壮的，快乐的。——你们可相信去年今天这里是战场？你们可相信二百里外战争正打得激烈紧张？几个扮唱的小孩子，手里拿了彩纸扇，高跷上响蹦蹦地跳动着，都是一副聪明俊俏模样。左边是一座席扎的戏台，说是有名的襄垣秧歌，但尚未开场；倒是两旁卖吃食的小摊，摆成两条长长的闹市，卖面条卖蒸包的人吆喝着，给热闹的鼓乐添了一支有力的伴奏。

从人流里挤向庙去，先是一帮“红火”在耍拳脚武术。枪刀棍棒，流星绳鞭，一路玩来，令人想起《水浒传》《七侠五义》里的豪强。庙是关帝庙，庙里一台“闹子”正在演唱，一个唱旦角的，仪态

服装都古香古色。从拥挤的人群,袅绕的烟火,和毕毕剥剥的爆竹响声里,断断续续荡漾过来了唱声:

三月里,桃杏花,满树照红;
刘关张,在桃园,结拜宾朋。

十月里,雪白花,飘来飘去;
孟姜女,携寒衣,哭断长城。

但嗓音悠扬处,举止婉转处,还是博得台下不少彩声。

正殿里塑像关云长,“丹凤眼,卧蚕眉,面如重枣。”如今可敬慕处,大概正在夺关斩将温酒待捷的勇迈吧?——想着,我们奔上了神头岭。

爬了一道三里地远的漫漫长坡,等社戏的鼓吹渐渐沉落下去的时候,目的地就望见了。一路上田陌间散布着的是历历马骨。——夕阳来得正好,夕阳可快要落山了。余晖返照,马骨丛中像开了惨白的花,艳红的花,恰象征隔年的烟尘与褪色了的鲜血。是啊,神头岭战斗是精彩的哩!连日本《东奥日报》的随军记者都称道是“典型的战术”。

让当时战斗的情形在眼前展开吧。

我们的队伍在月夜里行进,在月夜里集结。没有瞌睡,睡魔被紧张的情绪冲破了。有谁愿意掉队呢?急行军,一个紧跟了一个。争取时间!鸡叫时分人马已在北神头沿着公路埋伏好了。那里有现成的壕沟,是战争初期我们镇守东阳关的队伍挖就的。消息封锁得很严,连太阳都没看见(因为白天是阴天)。这秘密只一个勤快的庄稼老斗晓得,但直到结束战斗他没有回家。

“那天我赶早上坡,一脚不小心就踏上了一个山岗,嗳哟我的娘,海压压满坡都是人头,都是灰布军装。”后来他才这样告诉人家说。“我刚刚抽身要走，咱队伍里一个弟兄说：‘不要吱声！’我知道要打仗了，便一溜烟绕着沟沿跑了。在坡里我一天没吃饭，听了一天炮声……”

弟兄们埋伏好了。——快天亮的时候特别静，快天亮的时候也特别冷清。“冷啊！”异口同声地咕噜着。应当出的太阳又恰恰被密云遮盖了。——已经八点，“为什么敌人还不来呢？”有的战士着急了。提起望远镜看看，三辆乌龟似的汽车正在路上爬呢。方向是从潞城来的。不慌，让它过去吧。要沉着应战。大家先捺一把干粮。九点，四十几个日本骑兵又来了；人太少，也让他过去。九点半，时间过得真慢，简直像蜗牛爬；可是正好，继续行军的敌人真铜部队、粕谷部队，浩浩荡荡地在村边休息下来了。看他们路赶得多，笨重的皮鞋拖拉着，仿佛都很疲惫的样子；架起枪来，随便地躺着坐着，显然很大意。可是也够险了，敌人休息的地方距离埋伏顶近的只二十米（仿佛伸手就可抓到的样子）。我们的战士“妈的！”在心里骂起来了。几乎要开枪。指挥员的一个眼色，又使战士们镇定了。

连车马辎重，敌人是一千五百名左右。

“这里老百姓真好。”给他们烧水喝，给他们打水饮马。敌人高兴了。舒服地坐在地上，谈着，仿佛都在欣赏民众的柔顺，和“皇军”的“德威”。在他们这样做着梦的时候，那边“喂，我来吧！”轻轻地拍拍肩膀，挤一挤眼，另一批“老百姓”接了班了；也是打水饮马，烧开水。

我们说：“这里老百姓真好。”客人要走了，饮马烧水的人还拉拉扯扯挽留着。拉扯，挽留，客人架好的步枪就握在我们手里了。留住跟前的客人，同时等得不耐烦的埋伏地里奏起了送行的音乐。飕飕响的是子弹，轰轰叫的是迫击炮；沉重的手榴弹声，密放的机关枪声。跟着悲壮的冲锋号，十分钟冲过两个山头；不再那么客气，敌人四周的高地全被我们占了。立刻来的是白刃肉搏。

“从警戒线的什么地方潜进来的啊！与向来的客人稍微不同，很厉害！”（见《脱出记》）敌军队长屉尾二郎中尉，将队伍展开的命令都没来得及发出，只挣扎着喊了一声：“大家一块死的地方就在此地！”射击得那么准确的迫击炮弹就正在他的头上开花了。

随后是喊着“跟我来，放心吧！”敌军少尉小山正美；随后是兽医少尉成田利秋：都相继呼着什么“陛下万岁！”倒了下去。——是死的地方。正是，八路军到哪里，日本侵略者就得死在哪里。这次战斗，跟了屉尾队长一块毁灭了的就有步骑兵一千二百名，数百车辎重，马千匹。隔年相访，不是还看得出遍野的马骨历历么？当时活的俘虏是十三个。走脱了一名《东奥日报》的记者本多德治，被一挺机枪掩护着，躲在一所窑洞里。我们一个特务员原想挖透窑洞从顶上结果他的，却因为政委说：“迅速集合要紧，放他一条狗命吧！”这条狗命才有机会写《脱出记》，给我们灵活的战术作了一次大大的鼓吹。但那篇通讯，在另一次胜利的战斗里仍旧落在我们手里。“典型的战术”，话说得倒真有点对。

《脱出记》里写着，当时敌人的战马临死都流了眼泪。啊！你聪明的天照子孙啊！为什么远隔重洋抛家离井来用血液灌溉我们华夏的土地呢？虽然对日本法西斯军阀满含着永世的仇恨，我却不能不以悲悯的心肠来凭吊你日本士兵漂流的游魂了！

侵略者的脚下，泥潭是越陷越深啊。

一九三九年六月十三日

微雨宿渑池

我不知道你喜欢不喜欢旅途里遇雨？天空既然时有阴晴，而旅行的人又不是个个都带有风雨表的，旅途里遇雨总该是常有的事吧。自然，乡僻的野站里没汽车，行人或见阻于洪水泛滥的长河，阴雨连绵的天是很惹人烦厌的。英国散文家狄更斯就曾写过那样的文章，描写被雨锁在旅馆里的那种人的故事。他说连一张报纸的广告都一个字一个字读完，几乎成诵了，雨还在继续淅沥不止。这真是既悒郁，又无聊的。你读那文章时，不是要绕屋三匝，替他搔搔头，望望天，叹起气来么？可是"渭城朝雨浥轻尘"，也有像渴久了的禾稼一样，枝叶被丝丝细雨越浇越青翠，疲困的旅客经了雨打才精神抖擞起来的。——那夜我和季陵就是以后一种情景宿在渑池。

渑池是陇海路的一站。东接洛阳、郑州，西通函谷关、潼关，北走九十里由南村渡过黄河可一步一步踏入战区，一九三九年春天我们路过时正是前方的后方重镇。若太行山脉和太岳山脉所纵横织成的游击区比就一片网状叶，渑池通垣曲的大路就不多不少是一茎叶柄。又比就是通水的栈桥，从这里再迈一脚你就可跳入澎湃汹涌的海。游击队像鱼在深渊，你可以恣意活跃游泳。因此路过这里的人，只要不是有雅兴去游山玩水，大概心情总都有些异样的:去战地呢,像要探虎穴捉虎子,或斗牛场里显示身手,情绪会极度紧张;从战地回来呢,又像火热的太阳地里出够了汗的老农在柳荫下的沙滩上睡午觉那样恬静舒适……

我们那次是带着复杂的情绪渡黄河的。我们是从火线回来。想想前面还开展着激烈的战斗,我们却回来了。仔细听不是还听得见隆隆的炮声么?有炮声的地方就免不了有争夺,有肉搏,有牺牲。将万千弟兄留在火力网里,倒觉身子的逍遥成了心灵底重负了。过黄河又适逢夕阳西沉的黄昏时候。

夕阳没带走浮云,给黄昏添了几多风味。然而黄河边的风沙忒大,黄河道里的水流忒急,往来过黄河的人也忒多忒拥挤了。白云的悠悠,反而衬托出了人的匆忙。那蚁聚在渡口两岸的人群,简直像赶市集,连零星小摊都在摆着,支起帐篷就暮宿河边的也有;倒好,可体会花木兰,深夜里听黄河流水声溅溅。渡船呢,它载着千钧万钧重量,昼夜穿梭,载回那来的,又送过那去的,是浮桥,又像一道咽喉,它吞咽着各种各样的食物:子弹,人马粮秣。晋东南二十六县的抗日根据地借它的滋养才能一天天扩大,一天天坚强。也为此,七天走六百里山路之后,我们才有缘趁黑夜摸过黄河,又趁黑夜沾光搭送子弹的回头汽车。渡船是辛苦的,我祝福撑渡船的舟子。

汽车也是辛苦的,九十里一夜要往返四趟。你听:呜——呜——爬上一个山头它不也得喘几次么?汽车司机完全凭了车前的两只大眼在漆黑的夜里摸索着上山下山,他们不但出力,连睡眠都捐献了,那应是战士也是英雄的行径。可是比这更苦的还有牛车呢。轮子转在悬崖上,应了空谷慢吞吞叫着剥蓬剥蓬。牲口是要吃夜草才肥的,为了赶道,又为了怕白昼轰炸,它们却不得不伴了无眠的车夫在深夜的郊野里冒了霜露风雨打长更。“喂,靠边走!”在汽车司机不耐烦的叱喝声里我注意到那些人、车辆、牲口的憧憧黑影了。常常是喘吁吁地拨在路边站定着十辆、百辆……我想问:“老乡,瞌睡吗?”汽车却匆匆擦过了。

在路上,天阴得厉害,远处有住家的地方才更容易显出闪闪的灯光来。也偶尔有赶路人在道旁烤火,黑暗里有这样点点的火光在烧,极有辽阔深远的情致。在沉睡的大地的胸怀,这正像活活跳动的脉搏。最触目的是那里山上还有人放坡火,远望去那耀目的红光恰像在乱山丛中爬行的一条火蛇或一条火龙。

汽车开进渑池城,正好午夜。因为是“捎脚”,汽车将我们甩在街上就走了。半夜里的渑池城沉静得像一座坟墓,一切都酣睡了,我们便无形中变成了两只游荡的鬼影。只有街尽头一个唯一卖零食的老头儿在一盏灯笼的微光中吆喊的声音:“热馄饨开锅!”“汤圆哩,热的!”也空寂得像在缥缈的梦中。忽然身上湿漉漉的,破军衣觉得有点凉了,便索性将行李交给空旷的长街,我们且去吃宵夜。一壁和卖零食的老头儿打着问讯,一壁抬头望望阴霾的天空,仿佛觉得天不会亮了似的,更加感到了夜景的凄清。

听说兵站就在左近,待要找时,却十扣街门九不开了。那有什么办法?就在寂寞的街上两人并肩靠了并不大的行李卷坐到天亮也好吧,火线上打埋伏还不都是一支枪伴你露宿么。忽然背后吱幽一声门响(吓一跳),经过了简短的几句问答我们却被一个姓刘的带进了“交通饭庄”。替我们打开一间小小的客房,频频说着:“咱们是一家,不要客气!”为什么客气?原来他是店主东,是退伍军人。“交通饭庄”是新开张的,房间里,床、桌、盆架,悉仿都市风光安置,素朴,也雅洁。苇席作隔壁,和另一家旅客可以息息相通。实在有些倦了,照行军规矩擦擦脸、洗洗脚,季陵占床,我用一张席打一个地铺,便草草就睡了。窗外开始落着淅淅飒飒的微雨。

被点滴的雨声催着,旅馆里我却天亮就醒了。起来吧,地铺也太潮了。

阴雨天是不必跑警报的，且出去看看渑池街市。

夜里的死城，早晨又活了。踏着一街泥泞，来往的人还是极杂沓的。油条烧饼铺拥挤着，杂货店也都排比地开门了。货品呢，洋瓷茶缸、暖水壶、虎标万金油，多是行旅军人应用的什物。大门面的竟有金字红漆招牌的“江苏同乡楼”。街上房舍，有些被炸了，但残砖败瓦上支一架草棚也还有人在那里过活谋生。旧枝断折的地方往往跟着发出更茂密的新芽来，这正是老树的榜样。

热闹的街道拐角处，有茶馆，有各色各样的广告，第×××训练处，前方文化服务站，寻人招贴，李部前进，王部左转……人忙的时候墙壁也应接不暇了。茶馆里在唱河南坠子、大鼓书。河南坠子，调子有些魔力。你看那满座的各色军人，吸着贱价的香烟，剥着花生、瓜子，还没耽误了向清唱的姑娘喝彩鼓掌。在街上冒着细雨，拥在茶馆门口的也有不少读书人在那里凑趣“挂对子”。群众、士兵，在新组织的剧团不够分配、电影演映又推行不到前方的时候，教他们天天在弹雨里洗浴的人怎样解脱那过分紧张的心情呢？有二胡，有梆子，有梨花简已是娱乐了；更何况还有“开口不把别人讲，表一表张君瑞去借西厢”呢？

渑池，大家不过从这里过路，一宿半日就要走的。后方的到前方去，前方的回后方来，歇歇脚，打打尖，“一切为了前方”。人们都太匆忙啊！呜！呜！火车的汽笛响了，车厢里不有新军三旅，军火一万二千箱吗？是火线上的粮食，火线上的生命啊，又该汽车、牛车、运输的民夫，一站倒一站，昼夜奔忙了。

“茶房捆行李！”渑池长安道上，依旧细雨霏微。

我的思绪也跟了雨，跟了辘辘的车声拖得更远更长了。

一九四〇年六月三十日，杨家岭

书

“神农的梦呓，只是咂咂嘴的声音。”这是日本什么人的一首俳句吧。玩味起来是很有趣的。为什么梦呓只简单到咂咂嘴呢？原来神农是尝百草的，天天在山野里采撷着，品味着，慢慢成了习惯了。而且那时候怕除了适当的手势表情而外，也还没有确确实实能传达意思情感的语言啊。

语言还不一定有，文字就更是靠后的事了。所以远古的人曾必须结绳记事。据说那方法是大事记大结，小事记小结的。一串一串结满了疙瘩的绳子就是一部一部小小的历史了。但这种历史自己看或许是有用的，像搔到伤疤就引起一段痛苦的回忆一样；交给别人呢，就要费些思量与揣测。譬如说，有古物发掘家，从深深的地层里掘到了一段绳头的化石，麻缕的纤维还分明可见呢，就算考古的学识极渊博，而又广征博引研究得极仔细吧，但也只能说这是十万年前或百万年前的遗物，而不能知道那绳结记载的是一次渔猎还是一个恋爱故事。因此，“洛出图”才成了周文王时候的神迹，而伏羲画八卦，而仓颉造字，才成了值得万古讴歌的大事。原因是哪怕无论怎么简单呢，它总算给了人以记录思想以传达感情的最初的符号啊！

拿这作根据，譬如说才有了史籀的大篆（姑且只说中国；书的故事,那是有专书的),人们把字用刀刻在竹版上,用漆涂在木片上,用皮子穿起来,于是有了像书一类的东西。孔子读《易》,韦编三绝,从字意解,那《易经》怕就是用皮子穿着木板的玩艺。一部《易经》堆起来不会有小小一窑洞?不容易啊!不然为什么古人著书总是那么寥寥数语,老子全部学说,不过《道德经》五千言(字也);而现在的人却能“下笔千言,离题万里”地“夸夸其谈”呢。那是千千万万古人卜昼卜夜的劳绩,苦心焦虑的发明所积累的成果。像蒙恬造笔啊,蔡伦造纸啊,像印刷术、活字版的发明啊,都是了不起的。拿来糊糊窗户的一点纸,随便谈谈说说的一句话,都还不知道费过多少人的心血和劳动才成功的呢,别的就不用说了。

有了书,才将古今距离的时间拉近了。“东门有人,其颡似尧,其项类皋陶,其肩类子产,然自要(腰)以下不及禹三寸,累累若丧家之狗。”从这几句话我们看见了两千四百一十九年前一个名叫孔丘的老头子的形象和疲惫倒霉的样子(读《孔子世家》)。有了书,才将地域的远近缩短了。在黄土高原上我们能望见驶向冰岛的渔船和大海里汹涌的波涛(读《冰岛渔夫》)。读但丁的《神曲》,一个在尘世的人可以认识天堂和地狱。读吴承恩的《西游记》,一个最现实的人也能像孙猴子可以入地,腾空。书,什么不给你呢?足不出户,而卧游千山万水;素不相识,可以促膝谈心。给城市的人以乡村的风光,给乡村的人以城市的豪华。年老的无妨读血气刚盛的人的冒险故事,年轻的也可以学饱经世故的长者的经验。一代文豪高尔基说:“请爱好书本吧,它将使你的生活容易化,它将友爱地帮助你了解感情,思想,事变的各方面和复杂的混合。它将教你尊敬别人和你自己。它将带着对于世界和人类的爱的感情,给予智慧和心灵以羽翼。”是啊,“日出而作,日入而息”,就算鸡犬之声相闻,生活过得相当舒适吧,但生了,死了,像春夏来在风雨里摇曳而一到秋冬就枯黄了的花草,有什么区别呢?

最痛苦是有痛苦有快乐说不出来的人。最痛苦是不能了解和不会了解别人的痛苦的人。有一个“笑话”,说一个穷读书人娶了一个乡下姑娘做老婆,读书人总常常嫌他老婆不说话,有一天夜里,他问她:“你怎么老不说话?”“说什么啊,不知道。”老婆忸怩地回答了。“现在你心里想什么就说什么好了。”读书人给她一种启示。她想了半天说:“我饿得慌!”——这个“笑话”你听了如何?稍一涉想,你会于笑声里落下泪来的哩!因此,我读了《一个不识字的女人的故事》很受感动。

书籍是会提高人的:从野蛮到文明,从庸俗到崇高。高尔基又曾这样说过:“每一本书都是一个小小的梯子,我向这上面爬着,从兽类到人类,走到更好的理想的境地,到那种生活的憧憬的路上来了。”真是这样,读书愈多,应当愈富于睿智,愈具有眼光。因为那样可以经验得多,见闻得广啊!小气的人该会大方一点,狭隘的人该会开旷一些。“学问就是力量!”有人这样强调说过。自然,也还是有俗不可耐的读书人的,正像有博雅的文盲一样。但原是博雅的人再多读一些好书呢,我想他会像纯钢之出于生铁,更近乎炉火纯青了。因而有了黄庭坚“三日不读书,便觉语言无味,面目可憎”;有了梁高祖“三日不读谢玄晖诗,便觉口臭”那样的话。

真有读书有癖的人哩。法朗士就说过:他自己是一个图书馆的老鼠。他的最大的幸福是在一本又一本地吞噬过许多书籍之后,发见吐着一点遥远的世纪的芳香的奇妙的东西。发见任何人不曾注意到的东西(据卢那卡尔斯基:《论法朗士》)。中国古时孔丘“发愤忘食”以致“乐以忘忧,不知老之将至”。董仲舒“三年不窥园”,怕就都是读书读上瘾来的人。“吾儿,久不见若影,何竟日默默在此,大类女郎也。”这是归有光读书,项脊轩他祖母对他说的话。为了这种情节,我就喜欢起老老实实读书的人来了——车胤把萤火虫装在纱袋里照着读书,孙康在寒天里用雪光映着读书,还有家里寒苦点不起灯把邻家的墙壁凿孔偷光的。“如负薪，如挂角”，这些刻苦嗜读的故事被人不知几千次几万次地征引过，但好好地思索一下那情景，还是可以发人深省的。

从俄国诗人舍甫琴科或高尔基的传记里，我们知道有农奴社会家僮读书而挨鞭挞的事；但从虽然有鞭挞等待着，却还是在夜深人静的时候，在一天做了十四小时的苦工之后，偷偷地在僻静的柴仓里点起豆大的小灯读起书来的那样的家僮，被梦也似的足迹牵引着，被看不见的人物慰藉着，你看得见那苦孩子泪影中的微笑么？这精神将是一切成功的发端。所以在革命队伍里，看见一个老伙夫皱了眉头学画阿拉伯字码，或一个十一岁的小鬼在朗朗上口读《边区群众报》的时候，便每每令人起一番敬意起一番鼓励。身上看来穷苦，灵魂却是富的。这比之有书读，能读书而不认真读的人是有很大差别的。

读书吧，从书里找认识世界、改造世界的东西吧。……富有真理的书是万应的钥匙，什么幸福的门用它都可以打开。

一九四一年十月七日晚，蓝家坪

战斗的丰饶的南泥湾

“自己动手,丰衣足食。”

响应着毛泽东同志这个伟大的号召,我们革命军队经过春天竞赛开荒和播种,南泥湾荒野变成了良田:经过夏天突击锄草和战斗中辛苦的经营,南泥湾长遍了蓊郁的稼禾。现在是秋天,成熟和收获的季节,南泥湾,正满山遍野弥漫着一片丰饶的果实。

南泥湾有群山环绕。一眼望不断的山峦,恰像海洋里波涛起伏;有密林大树,吃不尽的野果:野杜梨、甜美多浆的野葡萄,一颗像一撮果子酱;还有山里红、野林檎……大树可以作梁作柱,作建筑木材。纯朴的农家,家家呈现着一种安乐气像:妇孺老人都吃得红红的面容,透露着饱暖健康的颜色;村边散放着牛羊,屋顶窑前堆满了鲜红的辣椒,金黄的苞谷,硕大的南瓜。军队和人民像一家人似的亲切,遇到旅长,一大群人又笑又说地问:“司令哪哒去?”这里是繁荣而又热闹的,像朱总司令说的是“花花世界”。

据说一两百年前,南泥湾曾经繁盛过一个时期,山庙里残碑记载,说这里曾有过街市,后来满清专制,造成的民族牢狱,逼得陕甘回民群起暴动,这一带的居民才纷纷逃难,奔走他乡;在这里新开窑洞的时候,曾开到过旧窑,里边古老的碗钵家具还历历可辨,想是那时居民一听乱信,连收拾都来不及,就慌忙逃跑了,情景该是很惨的。自那以后,这里田园就交给了荒野,窑洞房屋任风雨侵蚀倒塌,日久年远,就遍地是蓬蒿,遍地是梢林乱树,成了豺狼野兽的巢穴,成了土匪强盗出没的场所。

我们革命队伍,八路军,到这里屯田,是一个翻天覆地的革命事业。自己动手,从榛莽丛里开出道路。曾必须露宿野餐,就荒山坡上开窑洞、盖房屋;从烧石灰、烧砖瓦、伐树解板、安门窗梁柱,以至钉头木楔、置备桌椅家具,无一不是自己动手,终于有了安适的住处的。住处安置未完,就开始垦荒种田,朱总司令说“生产与战斗结合”,这开荒正是一场剧烈的战斗:征服自然,而又改造自然。

开荒计划每人六亩,起初是首长号召,以身作则;随后变成了群众突击、竞赛运动。两位团长的手上曾两次三次地磨起了泡。一连、九连出现了一天开荒五亩的劳动英雄。最后,纪录打破到这种程度:每人平均开到二十亩、三十亩!走到无论哪个单位听听,都是一些惊人的数字:二营一个连开两三千亩,“美洲部”二万亩,一个模范排长,一个人开了四十亩。保证每人每天是一亩八分到二亩。迷信的人会说:“这怕有神灵帮助吧!”但我们革命者要告诉他:这是集体主义的威力,是革命的英雄主义!

现在的南泥湾:上下屯直到九龙泉,一连一二十里都是排列整齐的窑洞。窑里窑口用石灰粉得雪白。列在山脚下的房屋顶上泥了白垩,或盖了青瓦;一条山沟,成了宽阔绵长的街衢。山沟溪流的两岸,自然修齐的树行,伸展着清幽的林荫路。另一处有造纸厂,木工厂,铁工厂。造纸厂,用马兰和稻草造纸,足够战士学习及办公应用,还有多余的用来换书报读物;木工厂里造着精致坚固的桌椅、风车、纺锭;铁工厂造铁锨、镢头、各种农具,也打锋利的梭镖,给群众以保卫边区的武装。又一处有闹市:三十户至六十户的商家,有合作社,也有私人营业。他们每天早晨把街道打扫得干干净净,熙来攘往的军人和农民,亲切地招呼着,呈现出一种蓬勃活泼的气象。——再转一条山谷,在一处突然开阔的盆地巍然耸立着一座楼房,那是一个休养所。建筑都照科学方法:壁炉、阳台、通气道,各种设备都是现代化的。这是屯垦的战士们自己动手为我们休养员们建造的。从设计、取材、烧砖瓦石灰,到垒墙架柱、铺地板、安门窗,完全出自战士的心裁与劳力。这是革命战士爱护自己阶级战友的表现,是精神、行动团结一致的典型。

现在的南泥湾:水地种稻;川地种麻,种菜蔬,种烟叶;山地种谷子、糜子、洋芋、杂粮。还没开垦完的水草丰茂的地方,就是天然的牧场。稻田傍着清溪,一路蜿蜒迤逦而去,恰像用黄绿两色锦线铺绣而成的地毯。沉甸甸的稻穗,已吐露了成熟的颗粒。论麻,只"美洲部"就种了四千亩,麻籽可收三百五十石至四百石,估计榨油两万斤,灯油足够全部自给。二营种的,每个战士可分五斤麻,足够打三四双草鞋。论菜蔬,长得茶碗般大的大宗洋芋不算在内,只南瓜、辣椒、茄子、西红柿,每班战士门口都红红绿绿地堆满了。其他秋白菜、萝卜、葱,细致些的如芹菜、芫荽、茴香,还都长在地里。贺营长说:"战士们一个班像一个小家庭,除了全团、全营大家的种植而外,他们还各有小单位的经营。利用整训闲暇,分工劳动,你种烟,我种辣椒、西红柿,他种西瓜、甜瓜。我们战士今年每个人吃了二十个西瓜呢……"×团里,战士吃西瓜没有这样多,每人只吃了十四个,但每人却又外加了一筐甜瓜。

谷子、糜子是部队主要的食粮,自然也是主要的生产。因此在南泥湾,只要抬头一望,满眼都是谷子、糜子,亩数是没有方法确切统计的。谷子长得好,大多是齐腰那样高,穗头大的一尺六寸,普通在一尺左右。糜子稍差,因为正当应该锄草的时候,部队开到前方,以致失了农时。但估计收获,成绩还是可观的,某营四十二个劳动英雄,每人可收八石粮,在营部正修下了可盛一千八百石的米仓。今年部队粮食全部自给是绰绰有余的。目下,各部门准备秋收已鼓起了热潮,处处都预备齐了扁担、绳架、镰刀;修好了筐篓、地窖、仓库(仓库怕招老鼠,都填了石灰,又铺了木板;粮食怕潮湿生霉,仓底下特别预备了火炕)。一个战士王子耕在他们班上的墙报里写着:"秋收要注意两点:不要糟蹋一粒粮食,用突击的精神来完成……"从这里可以看出战士对秋收的热诚和信心。

农业生产外,有工业生产。捻羊毛线在普遍经常地进行着,每两捻四十丈到八十丈以上,每斤按成品的质量,分别给以四十、一百到二百元的奖金。每人缴了四斤羊毛的毛线,到今年阳历年底,就可都有一身黄呢子军衣。此外,绩麻,编筐,打草鞋,用桦树皮制玲珑的饭盒、菜盒、墨盒,各有熟练的技巧。

除了农业生产和工业生产,还有畜牧。每个部队单位左近常常有成群的牛、羊、马匹。牛不穿鼻,马不系辔,就那样无拘无束地啃草、饮水,用尾巴打着蝇虻,呼啸奔逐,怕不有些辽阔的草原味道?关于养猪,这里部队研究出了最好的科学方法,猪卧的地方要干燥(特别打了窑,铺了木板),散步的地方,大小便的地方,喂食的地方,都隔了木栅栏,分得清清楚楚;为防备狼和豹子,周围又打了土墙。因此,战士能保证:每人每月吃大秤四斤肉。现在军队首长又提出了号召:今年年底要做到战士一人一只羊,两人一口猪,十人一头牛。张团长说:"我们一定要完成!"有谁惊讶地说:"这不都成了'地主老财'了么?"是的,这是建立革命家务。不剥削人,不敲诈人,用地利和自己的劳力,白手起家,大家动手,大家享受,真是再好也没有!我们每个战士,节约储蓄,加入军人合作社的,三十元一股,常常有人入到三十股四十股呢。过中秋节,每个人吃到半个西瓜,三个月饼。

其实,八路军在南泥湾,生产还是次要的,但已做到了全部自给,衣食行住,不要群众一粒米,一寸布,还反过来帮助群众,保护群众,成了古往今来世界上少有的军队。它主要的还是整训与教育。关于习武，营房附近，处处都是靶场、投掷手榴弹场，靶场里从早到晚都有步枪声、机枪声。普通战士打起靶来都是十环、八环，特等射手，更是百发百中。投弹场里，也是从黎明就有人拿了手榴弹练起，连文书，炊事员都参加。掷得又远又准的"贺龙投弹手"，各单位天天都有发现。在文化教育方面：每个战士都学识字，学文化。战士差不多都能写日记，有很多能听讲记笔记。学习模范朱占国同志就在这里。随便拿一个战士郭文瑞的"练习写作"的本子来看，就可以发现这样简洁朴素内容具体的文字：

卫生员高苏文同志，入伍前不识多少字，可是他对学习很虚心，特别是在开始生产以来。

上山劳动时，大家都休息，吸烟，他一个人坐在一边目不转睛地看书，手里还拿着一根小棍在地上画字。不认识的字就把它记在小本子上，回到家脸也顾不上洗，就向指导员问字。

劳动一天够疲劳了，夜晚他还在灯光下面写日记。从开始生产到现在，他的日记从没间断过。

他已经读完了很多青年读物，如：怎样把庄稼种好，地球和宇宙，小尾巴的故事，临机应变，水等等。

他现在已识了二千字。日记写得通顺。

他的学习是在一天一天地进步着。

"当了三天八路军，什么都学会了。"副团长说。的确是这个样子。在一个班的墙报上有一张画，题字是"擦拭武器，打击敌人！"竟也画得极生动有力呢！在部队里文盲是肃清了的。

更真切地说：八路军生产、教育，解决供给，提高质量，更大的目的是为了战斗。那战斗是保卫国家、保卫人民的。在敌人后方，抗击敌军伪军，八路军是常胜军，是世界闻名的武装，日本强盗听了常打哆嗦。在这里,抗日民主根据地,为了保卫边区,保卫中国共产党的中央,它更表现了忠诚与英勇。

去南泥湾的道路是开阔的,汽车可径直上下,大车可畅行无阻。那是革命军队自己动手开辟的路。是走向崭新的幸福的社会的路。

一九四三年九月二十六日

“火焰山”上种树

靖边草山梁的山是干山，没有清泉，没有溪流，老百姓称它“火焰山”。山上掏四十丈下去，不但掏不出水来，反而掏出来远年的锅灶炉烬，滩底打几十丈深也往往还是干巴巴的。老百姓吃水，要凭水窖，储存夏秋两季落的雨水。女子问婆家，先不问牛羊地亩，先要问存几窖水。没有水窖别的不再谈了。因为缺水，所以那一带的树木是稀少的。一年到头，若是没有庄稼在地里，满山遍野便常是光秃秃的，显得干枯没有生气。

可是，沙漠里有绿洲，海洋里有岛，火焰山上自从来了白云瑞竟也有了黑洞洞的一抹树林。那抹树林盖满了一道山沟，两架山峁。柳树、榆树、青杨、白杨、水桐、椿树、乌柳、沙柳、家柳、毛乌柳、桃、杏、月牙、柠条、马茹、龙柏梢(丁香)，像样的大树三千五百一十五株；成堆成行的灌木丛，沟沟洼洼，圪圪峁峁，散布的都是。——这一抹丛林里是白云瑞的村子东渠。这个村子十二户人家，一道渠，拖了一里路长，但在村外是看不见的。因为住家的窑洞都被茂密的树木遮蔽了。讲迷信的过路人带着羡慕和惊讶说：“这村子的风水真好哇。”不想种树也懒得种树的人见了白云瑞也搭讪着：“你种活这样多树，我看你不是水命也一定是土命。”

白云瑞自己却说：“我偏偏是火命。”

白云瑞不信迷信,是说啥就干啥的人。他最初在东渠种树,人家讽刺他:“八百里火焰山,哪能种树?你别胡日鬼!”他不服:“怎么能长庄稼呢?我不信不能长树!”他封了一斤点心就到五十里地以外的盛家畔去看崔鬼毛去了。崔鬼毛是个怪人,家里十几棵柳树,无论谁买,他贵贱不卖,白云瑞就和他好好一商量,“毬,你闹去。”他却轻轻易易地答应了。白云瑞就小心翼翼地弄来了八棵柳树栽子,三十一窝沙柳。他下定了决心,费了种庄稼几倍的心机,一务艺就务艺活了。像沙里淘金,他自然喜欢。从此他一年栽他百来棵树,今年死了,明年补栽,前后一直栽了十八年。

白云瑞,看样子就知道是个干净利落的庄稼人。像一棵树一样,细高条身材。他不吸烟,不喝酒,他讲究卫生。家里地扫得很干净,东西放得整整齐齐。窗户就是冬天也留了窗眼,流通空气。他说从前有一个医生告诉他:病有三种(自然不止三种):鼠疫,瘟疫,虎疫。三种病都是吸了肮脏空气生出来的(那时没谈细菌传染);从那以后他就把窗户留了洞,窑洞里里外外都保持空气的清新。他家里厕所离住窑三十步,猪圈驴棚也隔得远远的,都经常打扫,垫土,让猪羊牲畜不生疾疫。

他爱树也像爱家人爱牲畜一样。栽种时选苗,选地,选栽种时令。柳树选那皮带嫩绿,没有斑点裂缝,没有黑心的头次落椽的栽子。因为苗嫩水分大,地干也能补救。埋的深浅,要看栽子的高低。山地鸡蛋粗的低栽子比高栽子好。能栽两季:春天清明前后(前十天比后十天好),秋天立冬前后(后十天比前十天好)。沙柳、毛乌柳、家柳要压梢,梢梢是肥些嫩些的好。地挖尺把深,先撩老土,后填新土。白杨、青杨要带根刨,不带根栽不活。水桐高栽子顶上要留三四根细梢枝。椿树起圪都都(打苞发芽)再栽。桑树栽条子。榆树种榆钱(拣那透熟的,滚胖的)。桃杏种核(要秋里种,春里种往往沤坏了不出)。月牙树多久也能栽。龙柏梢春上栽,栽一棵活一棵……树栽活了,白云瑞保护它:怕牲口啃,他就在栽子上捆棘针,涂猪血狗屎,抹黑烟子。怕枝枝桠桠不成材,他就科抚:春季树未发芽,科的槎子一年可以长光,没有疤痕;秋分寒露前后科的树,树叶可以喂羊。为了树长得舒妥,长得旺,他常把树间的土地务得又熟又松。春天犁一遍,锄几遍,把杂草弄得干干净净。"地荒了,树也不愿意活。"他说。下了雨他就栽树,不下雨他就给树根培土,务庄稼以外的空闲时间,你老见他在树行里转来转去,摸摸这棵树,又看看那棵树,手里不是斧头就是锄头,有时连饭都忘了吃。人们说他"爱树成癖"。

整年整月地忙碌在树林里,白云瑞身体健康,精神也愉快。他能唱一口好秧歌。他不识字,却能自编自唱。一唱唱它个半清早都显不出疲劳。年年春节,为了吸引哈哈马马的人(不务正的邋遢人)不去赌博,他和村里郭光刘搭伴搞社火,常走遍全乡,受到大家欢迎。他们唱些戒赌,生产,教学好的曲调,演查岗,放哨,送公粮一些急公好义的故事,都收到很好的成效。今年边区号召长期建设,他用"打宁夏"的调子立刻编了一支歌,传唱在乡里。又用《张先生拜年》的调子编了《抗日军民歌》。最近又编了《三大盛会》《妇女卫生》。他编好怕忘了,就请识字的人替他记下。他是又朴素又有文采的人。

他为人正派。火焰山缺柴,缺木料。闹木料须得到五六十里地以外的友区去。而他这一乡又差不多都是东边的移民,没有基础。于是在庄里庄外要栽树的人就来问他:"我们能栽不能?"他回答:"咋不能栽,我刚科好了一些栽子,你拿几棵栽去。"他还很仔细地告诉他们栽的方法。秋雨连绵的时候,有的人家房子塌了,来向他借椽,他说:"借啥哩,要用就拿几根去用吧。"这样你两根我两根,你两棵他两棵,科百来条椽,截二三百棵栽子,一闹就闹得光光的。有人向他说:"椽要五百元一条,栽子要百五一棵呢,你干么不要钱?”他笑笑:“‘上山擒虎易,开口借人难’,一道山就只我有树嘛。”这样,闹箩圈的,闹连枷、镢柄、杈子的,都到他家来。一般舆论说:“没见过这样好说话的人,只要开口就给人家东西。”他种了半亩家柳,不等自己割,人家就来割净了。割了去编筐编篓。王仲恩说:“今年割了,明年就不割你的啦,我种的明年就能用啦。”白费力,不赚钱,他婆姨嫌麻达;他解释说:“挨门挨户要钱,咋好意思?真要起钱来,树木也不一定保得住。再说咱也不是没有吃穿的人家。不如提倡大家种树,送个一年两年,三年五年,只要大家都有树了,还要你的?那时家家有了柴烧,家家有了木料,还可以多养羊,多积粪,多打粮食。”俗话说:“多种一棵树,多养一只羊。”“少烧一升粪,多收一升粮。”这些是他提倡种树的最好方法。也是他和睦乡里、团结群众的秘诀。

他送给赵三树栽,赵三出远门回来就送他三两冰片。早年里因家务事曾和他打过官司的亲戚,自动上门同他和好起来。村行政主任刘万祥,因为送树不要钱,路上碰见老远就招呼,拉他家去吃饭。小学教员高攀的小孩没奶吃,他借一只母羊给他吃羊奶,高攀就到处宣传他的好处。——是这样,他被全乡拥护,当选了植树和卫生英雄。

对劳动英雄这个光荣的称号,最初他还认识不够,用他自己的话说,是“思想没有搞通”。他觉得一个人种三十来垧地,养一群羊,务艺那么一片树木,太忙了,没有工夫;家里有七十五岁的老母亲,一个婆姨,娃又小,男的九岁,女的才七岁,实在也离不开家。而且树木虽务艺了一些,但算得了啥成绩?乡上选他,他和村长吵了三架。县上孙树桐提他的名字到分区,使他急得“美美地出了一身水”。可是,在县上他得了一顶英雄帽、一张锄头的奖励;在分区罗专员奖他一件宽宽大大的毛呢大氅。走到哪里,哪里摆酒筵,奏鼓乐,已经使他感到兴奋光彩。特别到了延安,在劳动英雄模范工作者代表大会上，听了主席的报告，参加了小组讨论，会见各地的英雄，听了英雄们的生产成绩和为建设边区发展边区的一片赤诚和信心，他的脑筋一下就给转过来了，眼光也放远了，才真正认识劳动英雄是花钱买不到，修行修不来的无上荣耀。

“自己好算啥呢？我要把我那一点点种树经验宣传到全县、全边区，使家家有树，处处成林！”

一九四三年十一月

黑红点

“善有善报,恶有恶报。”这两句话有道理。但神是没有的。掌握善恶报的不是冥冥中有什么神,而是活生生的人。这人是要多数的,群众,大家。大家说好的,是好人;因而有群众拥护的领袖。大家说坏的,是坏人;譬如说:“这家伙还不死啊!”那他就该离死不远了。古时候对专制独裁的暴君,有“时日曷丧,予及汝偕亡”;对常人,有成语叫“千人所指,不病而死”。

黑红点就是冀南敌占区的老百姓和八路军、抗日政府,对汉奸、伪军、帮敌人当狗腿做坏事的家伙的善恶记录。老百姓有那些坏人的名册。哪个做一件好事,就在他名字下边点一个红点;哪个做一件坏事,就在他名字下边点一个黑点。抗战胜利后算总账(一九四二年这样提)。那时看红点多的,可以将功折罪,他还有活着做一个幸福的中国人的机会。若是黑点多,不必等抗战胜利,到一定点数,就要打死他。该打死一定打,他“皇军”老子也保不了险。(“皇军”自己谁保险呢?)因此,那名册老百姓也叫它生死簿。

本来,只要是中国人,还有良心、人心,好坏事总该是分得清的。即便不讲大道理,难道就不能问问自己?做汉奸当伪军的,自己吃要吃得饱,穿要穿得暖,可是把乡里邻居的粮食、衣服抢了,看着他们挨饿受冻。自己房子要住得讲究，住得舒服，可是把叔叔伯伯们仅有的几间草屋烧掉、捣毁，逼他们到旷野里任雨打风吹！最可恨，自己是娘养的，早晚也会娶妻生女，但是却奸淫人家的母亲、妻子、闺女！丢掉祖宗的坟茔，邻舍的孤寡老弱，任野兽一样的强盗去践踏杀戮，自己却反转去孝敬那些强盗，帮助那些强盗，啜食一点人家分赃剩下的残羹唾余！世间还有比这再下流再无耻的事么？你心上长满了油，昧了良心的汉奸啊，要在睡不着觉的时候好好想想，不为自己也该为子孙留条后路！

你看，北仓庄那个六十多岁的王老汉，听了黑红点的故事到敌人的据点那里去骂他当伪军的儿子去了。那个老头子一生好强，惯常是教训别人的，自从儿子当了伪军却再也抬不起头来了。天天大门不出，出门也不敢高声言语。羞耻和忧闷绞着心，不到半年头发和胡须都全白了。那天夜里，他悄悄地跑到炮楼底下，叫着他儿子的小名，"你这个混账东西，不孝的杀才，给我滚回家去！你当汉奸教我没法见人。'有千年的乡里，没有百年的亲戚。'你再这样坏下去，教我们祖祖辈辈怎么做人？你若不回去，我就在炮楼底下碰死！……"

顽固的伪军，他们的家属在乡里是没有地位的，大家瞧不起，平日没人招惹，大年初一也没人拜年。对转变了的伪军却不同，他们的家属享受着像一般公民一样的待遇。年下节下有困难也设法解决，地荒了有人互助耕锄。小卫圈一个伪军的婆姨，年三十晚上自动跑到据点里向当伪军的丈夫劝说："人家八路军可好来，自己吃小米，吃野菜，对抗属却送肉送面。那才真是恩人哩！这汉奸咱可别干啦！咱反回来当八路吧。"

这是天良没有丧尽，不甘心当汉奸的人们的例子。正因为伪军伪官，并不都是死心塌地的汉奸，有的只是贪图小利或一时糊涂，陷入了泥坑，我们老百姓、八路军才不惜用各种方法把黑红点的道理向他们宣传,挽救他们。我们在夜里敌人不敢出来的时候,去据点碉堡跟前喊话:“今晚上我们来给你们上课啦。……”起初他们听了很恐慌,向我们放枪。但放枪我们还是喊:“某某,你听着……”我们指了名喊。“我们的名字他们都知道啊!”为了好奇,他们也不得不武装着听讲。其实,对这些家伙,我们不但知道他们的名字,并且知道他们家住在哪里,父亲是谁,家有几口人,甚至他们当伪军是谁的保人,使什么枪,有几粒子弹,我们都调查得清清楚楚。我们说:“某某你太坏了! 哪一天你打了谁,哪一天你骂了谁,哪一天你到哪里抢了谁谁谁家里几匹布,几百斤粮食,几只鸡! ……”碉堡里就往往沉静下来,有时听得到一两声嘘唏,因为说得太对了。这时我们就趁势告诉他们:“不要打骂老百姓,不要枪杀老百姓,不要糟蹋人家的妇女! 你们做的坏事我们都记着的,要改,不改就搞你……”

慢慢地伪军动心了,对喊话也表示了欢迎:“来吧! 靠近一点,我们不打枪。”有的还丢下烟卷来。对提出了名字的最坏的伪军他们也给以孤立:“唔,你上了生死簿了,我们再不和你在一起,背霉气!”被提了名字的就赶快表示态度:“我再不做坏事了。”“我从今后改了行不行?”——营镇一个伪警备队长对维持会长说:“人家县政府那里,恐怕我的黑点最多了。你只在家里出主意,别人不知道,什么事都是我领头去干,抢杀掠夺,谁不晓得? 一定都上在账上了。”言下不免忐忑不安,有些埋怨。维持会长表面上安慰他:“你好,底下有人,黑点虽然多,将来带人出去反正,一下子一个大红点就把黑点都盖了。我呢? 翻了老底子还不是一抹黑? ……”内心里也透露了无限的懊恼和顾虑。

宣传不够,老百姓就进一步警告他们。

南宫,一个很坏的伪警察所长当了伪区长,向老百姓派款,一亩地要两元。那是正当冀南遭了严重旱灾,老百姓吃野菜树皮都没有的时候,那样的勒索,简直是要人命。老百姓气极了,一夜工夫,把伪区长住处周围,遍地插满了小旗:红的,绿的,白的,黄的,上边写了各色各样的标语:“打死×××!”“拒绝派款!”“反对勒索!”他一出来,子弟兵民兵也四处打击他。结果他立刻派出调人,说:“两块钱不要,八路军叫咋着就咋着!”

警告再不行,就消灭他们!——黑红点是兑现的。

广宗东里集,有个伪警察所长,叫张××,土匪出身,人称“张八爷”。因为杀人不眨眼,又叫“张剥皮”。他曾三天里边杀死四十三个好百姓。这一带人都恨他入骨。我们抗日政府就贴了布告,宣布他几大罪状,把他做的坏事一股脑儿都揭露出来。明白告诉他,哪一天要打他。——这家伙住在碉堡外边,每天夜里回家睡觉,并且经常在东里集上一家小酒馆喝酒,往往喝得酩酊大醉。那天凑巧傍晚他又在那家酒馆喝酒,我们武工队就在酒馆附近埋伏了。等他酒喝得差不多的时候,酒馆掌柜仓仓皇皇地进去告诉他:“不好,八路来了!”他慌里慌张地跑出来,嚷着:“八路在哪里?”我们武工队噎的一枪:“八路在这里!”他就像真的“醉”了一样,一头栽地,再也不起来了。

这个坏家伙死了,敌人又派了一个新所长来,更坏:硬要叫东里集的村长去给“张剥皮”祭灵。可是灵没祭成,他自己的灵魂却又跟着我们武工队的枪声投入地狱了。

黑红点就这样有灵验。因为他不是鬼神的指使,而是人民大众的裁判。红点,不是焚香叩头能求得来的;你要做好事;坚决抗日,爱护群众。黑点,也不是吃斋念佛能禳除得掉的;你要不做坏事;不帮助敌人,不掠夺、打骂、捕杀百姓。这样伪军伪官就不得不打打算盘,伪军伪官的家属也就不得不替他们的不肖子孙,刁夫贼父捏一把汗了!于是有伪军的妻子到碉堡去叫她的丈夫的事,有伪军的母亲到据点去哭她的儿子的事。景镇伪警备队的刘中队长也当众宣誓说:“别骂我,我也是想抗日。八路军要来打鬼子,我保证一枪不放:要是我放枪,我姓刘的不是俺爹揍的!”李家屯炮楼里的伪中队长,听说老百姓提出来要搞他,他赶紧声明:“往后不再做坏事就是!实在我也很难,譬如××村的村长是暗八路(共产党),难道我不知道?他来了我也没把他怎样。……”有的更具体地提出保证条件:一、到拔碉堡的时机来了,不用拔我就带弟兄们投降;二、抗日人员可以随便过路,我们看见也装没看见。……慢慢有了“伪属协约书”。只要伪军父兄能确保他的子弟不烧不杀,不抢不捉,和我们打仗枪口向上,那么老百姓就确保他家的生命财产安全,和其他抗日居民一样。为了郑重,这“协约书”特别由抗日县政府盖印保证。老百姓和抗日政府又给做好事多的伪军发“回心抗战证”,凡带证的回家或被俘都一律不杀。但是发了证后再做坏事,就宣布无效,也并不迁就。

这样一来,坏人们神魂不安了。

枣强,一个维持会长,有一次卷了大批赃款回家,听了全家老少讲说黑红点的故事,夜里就做了一个噩梦:坏人榜上,自己名下密密匝匝地全是黑点;他不觉大吃一惊,吓了一身冷汗。第二天醒来,他就向敌人提出辞职了。事后回答别人问他的辞职理由,他说:“合不着提溜着个脑袋过日子!”

当敌人挖界沟的时候,衡水、武邑边境上挖得最快,因为那一带伪军督促最紧,打骂也最凶的缘故。每晚我们去据点附近破路,伪军总是彻夜打枪,有时破路群众就受到伤亡。这一天夜里,我们子弟兵把据点包围了,进行喊话,把每个班长以上的伪军,指名叫着把生死簿里的记载念给他们听,并且加了详细的解释说明,那天他们就非常老实,一枪没打,我们带去的群众好好地把刚修的公路破坏了一夜。第二天,听说伪据点里一个司务长,自己觉得做的坏事太多了:打人,诈钱,抢东西,很怕老百姓不会饶他,从此郁闷成疾，不到半月就死了。

这样，黑红点的故事传开去，伪军便争着向老百姓解释：那件事不是他做的，是谁谁做的；纷纷托人打听自己黑点的数目，找适当的机会做些好事，来挽救弥补。阜县×村就发生了这样一件事。——

炸弹厂里三十多个工人正在积极工作着，忽然村长急急忙忙地走进来说："有五匹马来到大街上，问炸弹厂在哪里，教快说出来，不然就坏了：鬼子在后边快到了，是专来找炸弹厂的，说了他们想办法掩护，不然……"

厂长听了，想一定是有汉奸报告了。鬼子已来到村边，想办法已来不及了。伪军又紧跟在村长后边，确实已发现了工厂，就叫村长向伪军说了实话。那五个伪军急忙唤工人换了衣裳，叫人把造炸弹的东西埋起来，把炸弹厂最小的房子烧了，压在上面，又点起了几处老百姓矮小的草房。"这就不碍事了，"五个伪军很放心地说，"只要鬼子查不出造炸弹的家具，我们就有办法应付。"

这时鬼子进村了。到处找炸弹厂，可是村子找遍了也找不到。最后集合起老百姓来打着逼着问，也没有一个人说出；伪军在旁支吾了一番，鬼子就走了。

走了约莫一袋烟的工夫，两匹马又嘚嘚地飞跑回来，碰见村长就喘着粗气说："你告诉县政府，这件事情可是件好事情啊！请县政府给我们画个红点——我叫银得胜。"

说完又掉转马头飞快地跑了。

…………

告诉那些替敌人说话、替敌人跑腿、替敌人做事的人吧：

"不要做坏事啊！你的名下会多一个黑点呢。"

老百姓的评判，是最后的最合理的评判。

一九四四年十月三日

“调皮司令部”

这是武城战斗的一个尾巴。

打武城，是一个胜利的战斗。二百多俘虏不说，光搬运胜利品——四百五十包棉花（每包二百四十斤），三百二十支枪，十几大车弹药……——就到鸡叫还没搬运完呢。黑古隆咚的夜里，走三四里路，十月二日已是初冬了，还要过一道卫河（运河）才能到根据地，就算有千百成群的老百姓帮忙吧，也还是够忙活的。

东西没搬完，部队却已不能不撤了，敌人驻德州的水陆警备队正开了汽艇经郑家口赶来增援。他们是一百五十个人，有两门小炮，两挺重机枪，八挺轻机枪。而交织在清和、夏津一带又都是敌人的公路网啊。

我们大部队撤回，留下一排人作掩护。这一排人，由两个班守住渡口，好搬运东西。另一个班，由刘副排长带去两个战士围城边侦察，就便再看看这被敌人统治了四年刚刚解放的城里的情况。余下七个，由副班长带着，离渡口三里五里，在河边通城里的要道警戒，任务是于必要时打麻雀战，拖住敌人。

副班长叫李二黑，才十六岁。是班里最小的。但最大的也不过十八岁。都是些聪明的又非常调皮的孩子。里边有一个绰号“调皮司令”，叫小黑李子。平常有点懒，不太爱学习，但学啥却快，记一笔好日记；不太愿意放哨，但放起哨来却又最严：严重关头，无论谁，哪怕是指挥员也得问清楚才能放过。又有一个绰号叫“调皮参谋长”，不很讲卫生，生活上有些邋里邋遢，爱开玩笑，拉胡琴，也最爱说俏皮话。有时指导员批评他，他不服气，用食拇指上下比量着：“哼！你这样大点小干部还批评我！”——因为他们都是穷孩子出身，军龄都在三年以上，可以说都是在部队里长大的，又有几个当过勤务员、通讯员，见的人多，经的事广，只要大事抓紧，小的地方他们是天不怕地不怕的。一个小班长带了这样几个调皮鬼，领导是不大容易的。再加上班长也不那么老练，领导方式上多少有些毛病，表面看起来他们就多少有点像不团结的样子了。经常在宿营的地方，一进他们屋子，告状的就特别多：“他调皮！”“他才调皮呢！”指手画脚，嘻嘻哈哈，嚷成一团。——这种战斗场合，本来是不敢给以单独任务的；不过这次身边没人，而他们一向在正经事上不含糊的作风和对敌斗争中的勇敢与机警，确证他们不会误事、出漏子，才使副排长下了分派他们的决心。

王小马，这班里另一个十七岁的战士，就是榜样。平常看来吊儿郎当，张长李短说话不能再多，生活细节也满不在乎。但一听打仗，第一个跑到头里的就是他。哪次征求奋勇队他总是首先报名。别人遇事批评他，他总说：“别吹牛皮，打仗的时候咱们见！”事实上也的确是这个样子。一九四一年一年，他自己得了敌人九支三八式步枪。只百团大战，破击德石路，在东西高村战斗我们夺获敌人八八式野炮（九匹骡子拉着的）的那次，他一个人就缴了敌人两支三八式。他惯常一瞅见有利的饥会，就机动地行动起来了。打冀县的一次，他就是在敌人混乱当中转眼不见了的。那么一个结结实实的矮胖个子，在敌人的空隙里钻来钻去。队伍集合快走了，排长为他着急到快要生气的时候，他却背着三支步枪满头大汗地赶上来了。为他单独行动批评他吧，看他笑嘻嘻胜利的样子，仿佛那种机动又正是值得发扬的。排长笑笑,大家也都给以欢迎和鼓励。

这个X连六班(他们的真正番号),“调皮司令部”(在开玩笑的时候,大家这样称呼他们)模范班(后来因学习战斗的出色而荣获的徽号),由十六岁的李二黑带着,接受了警戒任务,出发了。他们真高兴,像初当家的儿女似的,一满正经起来了。嬉笑扯皮的心被严肃的工作挤得无影无踪。彼此从踏实的步伐,从振奋的表情,从偶尔在暗处一闪的眼光里透露的坚定的意志,都表现了他们互相信赖,互相团结。“看吧!我们要完成一件光荣的任务哩……”仿佛都说了这么一句同样的话,便在黎明前朦胧的烟雾里消逝了。

他们是出发了。在渡口负责指挥的团长却并不放心,他一边督促着加速搬运物资,一边不时地向武城和他们出发的方向远远地谛听眺望。像送考的教师:“他们会及格么?”在心里不断地这样问着,又肯定地自己回答着。

天快明了,东方已渐渐发白,胜利品还有四十包棉花没有过河呢。这时远处传来了一排炸弹声,和不久以后一阵密集的机枪声。团长不由得一惊:“糟糕!一定是六班和敌人接火了。”有些担心:“他们不会硬冲吧?”但想到出发时给他们的任务分明是“打麻雀战”,也就没打算派人增援(跟前也实在没人可派)。就一壁信赖着那班调皮孩子的机智和勇敢,一壁布置拆毁那九十只木船所搭成的浮桥。

一只木船刚拆除抬向对岸,从武城那面刘副排长回来了。背了一个战士,那是被漏网的敌人放冷枪打伤的。另一个战士打着掩护还落后几步。会合了就好,受伤又是打在腿上,并不太重,大家算了却了一桩心事。另一心事就专牵挂在李二黑那七个人的身上。

“你看是他们来了么?”几百米开外已隐约看得见人物的活动了,团长凝神地望了一会,把望远镜递给了副排长。

“毬事啦,怎么只五个? 敢又是挂彩啦?”副排长像母鸡辨认鸡雏那样,老远就看出是他们,不过背着的,抬着的,却使他心里浮上一层“不幸”的暗云。

原来,正当那个十六岁的班长和六个年轻的战士,一齐警惕地向北走着,走不到三里地,忽然遇到那一百五十个日军上陆了。由于黎明前的天色,由于仓皇与疏忽,日军并没发现他们;倒是他们先从踢踢跎跎的脚步声,再从矇矇憧憧蠕动的人影,发现日军正顺着他们这个方向前进。可是等辨认清楚,敌人离他们已只五十米左右。这时小班长可难住了:打么? 那是送死;不打么? 难道等死?“咋办呢?”他机警地下一个决心,小声地但坚定地命令六个战士说:“卧下,不要暴露目标。”

这里是静静地卧下了,连气也不敢喘,那边敌人依然踢跎踢跎地继续前进。“他妈的,老子算给你泡上了!”小班长有些焦急。但三年的战斗经验稳住了他,并不慌张。他想的是怎样拼,或者是怎样牺牲。

敌人进到离六班十多米的地方,有计划地,又像忽然地停住了。“教他狗肏的发现啦?”战士们一个意念闪过,都自动地把手榴弹揭去了保险盖,勾住了拉线。日军停下,把重机枪都架起来,又仿佛没发现,而是在休息;不,在附近教带来的伕子挖工事呢。“狗肏的,倒计划得长远!”小班长脑子里这样一转,紧接着就使尽气力地喊了一声:

“冲啊!”一排手榴弹朝敌人坐得最密的地方扔过去了。

倒下就不再起来的是十四个敌人。少腿缺胳膊受伤的也五六个。

“连长! 前进啊!”小班长站起来大声喊着:“从右边包围

啊！……”像真有那么一大队人马在后边预备着一样。

敌人措手不及，一听可慌了。重机枪也不要了，两箱子弹也丢了。都拼命地叉开两条短腿向回跑。这里七八个人，班长和两战士就趁空夺得了那挺重机枪。“调皮参谋长”和另一个战士一人抢了一箱子弹。王小马两人掩护着就往南作胜利的撤退。等敌人跑到百十米停下来用轻机枪反转扫射的时候，这里相去已有相当距离了。

“我们还是把机枪子弹埋起来……”班长不管背后乱飞的枪弹，心里估计着：浮桥撤了，十月里一人多深的水是不容易过的。急切不能会合队伍，只好执行上级的指示，留下打游击。一边加快脚步，一边就和他的六个战士商议。

“毬，”“调皮参谋长”又提出他的主意了，“我们要和重机枪共存亡！拼命我们也得把它抬回去。好容易——”

“对，说咋办就咋办。”本来就是征求别人意见的，班长听了也同意了。

敌人的轻机枪打得虽密，但有武城战斗的余畏，加上情况不明，并没敢深追。

“调皮司令部”且打且走，是全部回来了。回来的情形，正像副排长在望远镜里看到的：前边五个，背着的，是两箱子弹；抬着的，是一挺崭新的剔亮的三八式重机枪。后边，在还不太亮的晨光里不容易一眼望到的远处，还有两个，那是按战斗规矩留下的掩护部队。王小马是里边的一个，带一副长坂坡上赵子龙的神气。

他们和部队会合了，团长和副排长欢喜地迎接了他们。未拆完的浮桥伴了船下汩汩流水等待着他们。

一九四四年六月

出 发 点

队伍出发。

嘉陵宝塔的影子慢慢落在了后边,延安远了。走在路上的人心情可会是沉重的么?不。多少年大家庭的红火生活,受奶汁样延河水的哺乳,受脂肪样深厚黄土层的庇荫,人最是硬朗的,矫健的。并非淡于感情,没什么留恋,而在留恋所浸染成的不是忧郁,不是小心的低徊过去罢了。更热中的是放大眼光奔上辽阔的前途啊。从延安伸出来的路是长的哩!有老百姓的地方就有通延安的路。那是坦荡的大路,四通八达的路,人民的路。

帕米尔是世界的屋脊,多少山脉从那里绵延起伏;奥林匹斯为众神所居,希腊神话记载着那里开始扮演的美丽故事。树有根,水有源,太阳辐射光、热:延安,正是这样一类的地方,它是光明的灯塔,革命之力的发动机,新中国的心脏。它虽不是耶路撒冷,也不是玄奘取经的去处:但拿来取譬,它却不多不少称得起是一个圣地。这个圣地不是属于神的,而是属于人的,特别是中国人的。从这里它要一步一步了结从有阶级以来中国人所遭受的孽障,它要粉碎千百年来的锁链与桎梏,解放(不用佛语"普度"吧)所有被压迫,被剥削,被奴役的人们(这里也不用"众生"两字)。走延安这条路的人有福了。果报不只在子孙后世,利益是现实的,亲身的。

延安有两面旗子：一面是民主，一面是自由。在这两面旗子底下，人人都有衣穿，有饭吃，有书读，有事做。过年过节，春秋佳日，人人都有机会看戏、闹秧歌，进行各种各样的娱乐。这里穷人都翻了身，富人也各得其所。买卖人有钱赚，因为出产丰富，家家商店都堆满了货物，而老百姓又都有买东买西盈囊的积蓄啊。工人，在这里问题不是失业，而是有着做不完的太多的工作。有的场合因而反感到劳动力的缺乏。

中国，有史以来，以延安为中心的西北高原，有过任何记载说这里是沃野千里、物阜民丰的么？不，在从前，连范仲淹在《渔家傲》的词里都写过："千嶂里，长烟落日孤城闭。"那是很荒凉的。一眼起伏的土山，不是蓬蒿，就是梢林；曾很少热闹的城镇街市，鸡犬之声相闻的稠密村落。但自从这里有了民主，有了自由，面貌就焕然一新了。老百姓从自己当中选出公正热心的好人，组织各级政府，管理老百姓自家的事情；老百姓叫自己的子弟拿起枪，训练为子弟兵，又从而保卫自家的田园家乡。这样闾里太平，大家安居乐业，日子便可尽往美里过了。变工队，互助组，合作社："男子组织起来开荒种地"，"婆姨组织起来织布纺纱"，"娃娃组织起来拾粪拦羊"，大家一齐亲自动手，于是很多荒山，变成了良田；部队屯垦也将渺无人烟的南泥湾变成了水草肥美的塞下江南。"丰衣足食"，旧社会即在鱼米富饶区域亦谈何容易，但以延安为中心的陕甘宁边区一般人却都过的是丰足的生活。

"仓廪实而后知礼节"，延安，对勤于劳动，勇于战斗，善于工作的人都是尊敬的，都愿意拿他们作榜样，向他们学习。因此选举劳动英雄，战斗英雄，模范工作者往往成为热潮，成为风气；而刘玉厚、赵占魁、张治国便响亮在每个人的耳朵里，传颂在每个人的嘴巴里了。数千年封建社会，修庙，立碑，写成史传的，只有王侯将相，达官贵人；老羊皮，旱烟袋，镢头手能够题名上榜称"状元"的，是延安开始第一次,得非千古美谈?翻转来,也是从延安开始,“改造二流子”!把好吃懒做,游手好闲,“球长脖子细,家里不趁二亩地”(故劳动英雄农民诗人孙万福语)的那些琉璃球,瘪三,都给以适当的帮助教育,使他们改邪归正,从事劳动生产。把社会的寄生虫改变为社会建设的一份力量。教死人复生,白骨生肉,世界医学仿佛还没进步到那种程度,但改造二流子这件事却是有着“生死人,肉白骨”的功效的。

有了民主,有了自由,人民还怕什么不到手么?延安,革命的帕米尔啊,你给了人民以民主,自由,你就给了人民一切了。因此,延安是老百姓的家,是人民的首都。哪地方有老百姓,哪地方的老百姓就向往延安,拥护延安;延安的力量到达哪里,哪里就有民主自由,就有幸福。老百姓呼“延安万岁!”从此出发,中国有了广大的解放区。有了一万万至两万万已经解放或正在解放着的人口。论自然条件,比延安更差的地方在解放区说来是比较少的。若以延安为榜样,假以相当时日,社会的繁荣,人民的幸福,将无穷无尽。因此我们要保卫解放区,建设解放区。从解放区出发,我们看得到全国。

从帝国主义侵略下解放,从封建势力压迫下解放,百数十年来革命先烈前仆后继地流血牺牲不必说了,只刚刚过去的八年抗战,人民出的汗,流的血,遭遇的苦难,不就够写几部古今中外从来还没有过的悲壮史诗么?一寸寸干净土地都是用鲜红的血液洗涤得来;筋骨累了停下来喘口气的那样一点点自由也曾必须抗拒千万次的鞭挞,千万次的辱骂才能获得。于今,我们老百姓能够,敢于对脚下的土地,眼前的房屋,手边的锄,口边的饭,亲爱地叫一声“这是我们的!”了。假如就在这时候,竟有霸道的暴君,横眉竖眼地大声喝道:“滚开!回到牛栏里去,回到猪圈里去!”同时把绳子套在我们脖子上,手铐箍在我们的手上,教我们再去过奴隶牛马的生活，老乡，咱们怎么办呢？像绵羊一样柔驯俯首听命么？还是大家起来，即便没有刀也握起拳头，说："'老爷'别装蒜啦，皇历早换了多少年了！"给以有力的回击呢？不成问题，应当是后者。拼着性命得来的东西是不能随便再丢掉的，哪怕是一牛，一犁，一寸土地！这警惕是无论什么时候都不能放松的。

现在我们急切要做的，是老百姓算清敌伪统治下的旧账，把敌人烧了的房屋从瓦砾堆里再修盖起来；使流离失所的人们回家，爹娘儿女得到团圆；村庄城市进入常态，建立革命秩序；更从而大家商议，减租，减息，土地改革，把荒芜了的田地好好耕耘，转动起城市里停开的机器，大规模发展生产，增加人民自己的财富。使大家过忙碌的但是饱暖的幸福生活。老乡，这样可好么？这不是别的，这是延安来的主张：和平建设。但和平是要有保障的；为保障和平，我们要精兵习武，好给那些说了话不算话，惯于偷偷摸摸兴兵动武破坏和平的人以迎头痛击。

事从延安出发，事是好事。人从延安出发，人是好人。

事好，因为是替老百姓办的。人好，因为是替老百姓办事的。

从延安出来，人们第一个记得"为人民服务"。替老百姓当勤务员。因为在那里的人不是神人，不是异人，也不是敕令自封的英雄豪杰。他们都是从老百姓中间来也还要回到老百姓中间去的平常人。有一点不同就是他们更有决心，更大公无私为老百姓办事。老百姓的疾苦就是他们的疾苦，帮老百姓求得解放，他们也跟着得到解放。"先天下之忧而忧，后天下之乐而乐"。除了老百姓大家的利益，他们是没有更多的私人利益的。他们为老百姓，相信老百姓，依靠老百姓。和老百姓一起，像鱼在水里。"三大纪律，八项注意"，是和老百姓相处中间最起码的信念。多少有名的政策，多少仁义的措施，直到通过联合政府，建立独立、自由、富强的新中国，没有一样不是为老百姓打算的。

有延安在，老百姓就有活路。

再喊啊："延安万岁！"

但延安有名，不在它那座随山迤逦筑就的石头城，而在那里是好人好事的出发点，那里是中国革命的总部。因为那里不只像范仲淹在嘉陵山下题的那样，"胸中自有数万甲兵"；论英勇，论士气，论保护人民利益不惜任何牺牲的精神，那里有不能以数目计算的军队。那就是八路军，新四军，和他们领导下随时可以武装起来的老百姓。——那里住着的不是别的政党，而是永远和中国人民在一起的中国共产党。那里掌舵的不是别的人，而是中国人民的救星，人民的领袖——毛泽东同志。

毛泽东，像太阳；
照到哪里哪里亮。

这正是中国千万人的心声。

一九四六年一月十二日

记一辆纺车

我曾经使用过一辆纺车，离开延安的那年，把它跟一些书籍一起留在蓝家坪了。后来常常想起它。想起它，就像想起旅途的旅伴，战场的战友，心里充满了深深的怀念。

那是一辆普通的纺车。说它普通，一来它的车架，轮叶，锭子，跟一般农村用的手摇纺车没有什么两样；二来它是延安上千上万辆纺车中的一辆。的确，那个时候在延安的人，无论是机关的干部，学校的教员和学员；也无论是部队的指挥员和战斗员，在工作，学习或者练兵的间隙里，谁没有使用过纺车呢？纺车跟战斗用的枪，耕田用的犁，学习用的书和笔一样，成为大家亲密的伙伴。

在延安，纺车是作为战斗的武器使用的。那是在抗日战争最艰苦的时候，国民党反动派发动反共高潮，配合日寇重重封锁陕甘宁边区，想困死我们。我们边区军民热烈响应毛泽东同志的伟大号召，“自己动手，丰衣足食”，结果彻底粉碎了敌人围困的阴谋。在延安的人，在所有抗日根据地的人，不但吃得饱，而且穿得暖，坚持了抗战，争取到了抗战的最后胜利。开荒，种庄稼，种蔬菜，是保证足食的战线；纺羊毛，纺棉花，是保证丰衣的战线。

大家用纺的毛线织毛衣，织呢子；用纺的棉纱合线，织布。同志们穿的衣服鞋袜，有的就是自己纺线或者跟同志换工劳动做成的。开垦南泥湾的部队甚至能够在打仗，练兵和进行政治、文化学习而外，纺毛线给指战员发军装呢。同志们亲手纺线织布做的衣服，穿着格外舒适，也格外爱惜。那个时候，人们对一身灰布制服，一件本色的粗毛线衣，或者自己打的一副手套，一双草鞋，都很有感情。衣服旧了，破了，也“敝帚自珍”，不舍得丢弃。总是脏了洗洗，破了补补，穿一水又穿一水，穿一年又穿一年。衣服只要整齐干净，越朴素穿着越随心。西装革履，华丽的服饰，只有在演剧的时候作演员的服装，平时不要说穿，就是看看也觉得碍眼，隔路。美的概念里是更健康的内容，那就是整洁，朴素，自然。

纺线，劳动量并不太小，纺久了会胳膊疼腰酸；不过在刻苦学习和紧张工作的间隙里纺线，除了经济上对敌斗争的意义而外，也是一种很有兴趣的生活。在纺线的时候，眼看着匀净的毛线或者棉纱从拇指和食指中间的毛卷里或者棉条里抽出来，又细又长，连绵不断，简直会有一种艺术创作的快感。摇动的车轮，旋转的锭子，争着发出嗡嗡嘤嘤的声音，像演奏弦乐，像轻轻地唱歌。那有节奏的乐音和歌声是和谐的，优美的。

纺线也需要技术。车摇慢了，线抽快了，线会断头；车摇快了，线抽慢了，毛卷、棉条会拧成绳，线会打成结。摇车，抽线，配合恰当，成为熟练的技巧，可不简单，需要用很大的耐心和毅力下一番功夫。初学纺线，往往不知道劲往哪儿使。一会儿毛卷拧成绳了，一会儿棉纱打成结了，纺手急得满头大汗。性子躁一些的人甚至为断头接不好生纺车的气，摔摔打打，恨不得把纺车砸碎。可是那关纺车什么事呢？尽管人急得站起来，坐下去，一点也没有用，纺车总是安安稳稳地待在那里，像露出头角的蜗牛，像着陆停驶的飞机，一声不响，仿佛只是在等待，等待。一直等到使用纺车的人心平气和了，左右手动作协调，用力适当，快慢均匀了，左手拇指和食指间的毛线或者棉纱就会像魔术家帽子里的彩绸一样无穷无尽地抽出来。那仿佛不是用羊毛、棉花纺线,而是从毛卷里或者棉条里往外抽线。线是现成的,早就藏在毛卷里或者棉条里的。熟练的纺手,趁着一豆灯光或者朦胧的月光,也能摇车,抽线,上线,一切做得优游自如。线上在锭子上,线穗子就跟着一层层加大,直到沉甸甸的,像成熟了的肥桃。从锭子上取下穗子,也像从果树上摘下果实,劳动后收获的愉快,那是任何物质享受都不能比拟的。这个时候,就连起初想砸碎纺车的人也对纺车发生了感情。那种感情,是凯旋的骑士对战马的感情,是"仰手接飞猱,俯身散马蹄"①的射手对良弓的感情。

纺线有几种姿势:可以坐着蒲团纺,可以坐着矮凳纺,也可以把纺车垫得高高的站着纺。站着纺线,步子有进有退,手臂尽量伸直,像"白鹤亮翅",一抽线能拉得很长很长。这样气势最开阔,肢体最舒展;兴致高的时候,很难说那是生产,是舞蹈,还是体育锻炼。

为了提高生产率,大家也进行技术改革,运用物理学上轮轴和摩擦传动的道理,在轮子和锭子中间安装加速轮,加快锭子旋转的速度,把手工生产的工具变成半机械化。大多数纺车是在纺羊毛、纺棉花的劳动实践中培养出来的木工做的;安装加速轮也是在劳动实践中大家摸索出来的创造发明。从劳动实践中还不断总结出一些新的经验。譬如,纺羊毛跟纺棉花常有不同的要求:羊毛要松一些,干一些,棉花要紧一些,潮一些。因此弹过的羊毛要卷成卷,棉花要搓成条,烘晒毛卷和阴润棉条都有一定的火候分寸。这些技术经验,不靠实践是一辈子也不知道里边的奥妙的。

为了交流经验,互相提高,纺线也开展竞赛。三五十辆或者百几十辆纺车搬在一起,在同一个时间里比纺线的数量和质量。成

① 曹植:《白马篇》。

绩好的有奖励,譬如,奖一辆纺车,奖手巾、肥皂、笔记本之类。那是很光荣的。更光荣的是被称为纺毛突击手、纺纱突击手。竞赛,有的时候在礼堂,有的时候在窑洞前边,更有的时候在山根河边的坪坝上。在坪坝上竞赛的那种场面最壮阔,“沙场秋点兵”或者能有那种气派?不,阵容相近,热闹不够。那是盛大的节日里赛会的场面。只要想想:天地是厂房,深谷是车间,幕天席地,群山环拱,怕世界上还没有哪个地方哪种轻工业生产有那样的规模哩。你看,整齐的纺车行列,精神饱满的纺手队伍,一声号令,百车齐鸣,别的不说,只那嗡嗡的响声就有点像飞机场上机群起飞,扬子江边船只拔锚。那哪儿是竞赛,那是万马奔腾,在共同完成一项战斗任务。因此竞赛结束,无论是纺得多的还是纺得比较少的,得奖的还是没有得奖的,大家都感到胜利的快乐。

就这样,用劳动的双手,自力更生。纺线,不只在经济上保证了革命根据地的人大家有衣穿,使大家学会了一套生产劳动的本领,而且在思想上还教育了大家认识劳动“本身成了生活的第一需要”①的意义;自觉地克服了那种“认为劳动只是一种负担,凡是劳动都应当付给一定报酬的习惯”②。劳动为集体,同时也为自己。在劳动的过程里,很少人为了个人的什么去锱铢计较;倒是为集体做了些什么有意义的事情,才感到是真正的幸福。

就因为这些,我常常想起那辆纺车。想起它像想起老朋友,心里充满了深深的怀念。围绕着这种怀念,也想起延安的种种生活。在党中央和毛泽东同志的周围工作,学习,劳动,同志的友谊,革命大家庭的温暖,把大家团结得像一个人。真是既团结,紧张,又严肃,活泼。那个时候,物质生活曾经是艰苦的、困难的吧,但是,比

---

① 马克思:《哥达纲领批判》,人民出版社单行本14页。

② 《列宁全集》第31卷:《从莫斯科——喀山铁路的第一次星期六义务劳动到五一节全俄星期六义务劳动》。

起无限丰富的精神生活来，那算得了什么！凭着崇高的理想、豪迈的气概、乐观的志趣，克服困难不也是一种享受吗？

跟困难作斗争，其乐无穷。

——记一辆纺车。

一九六一年二月十五日，春节

菜园小记

种花好，种菜更好。花种得好，姹紫嫣红，满园芬芳，可以欣赏；菜种得好，嫩绿的茎叶，肥硕的块根，多浆的果实，却可以食用。俗话说："瓜菜半年粮。"

我想起在延安蓝家坪我们种的菜园来了。

说是菜园，其实是果园。那园里桃树杏树很多，还有海棠。每年春二三月，粉红的桃杏花开罢，不久就开绿叶衬托的艳丽的海棠花，很热闹。果实成熟的时候，杏是水杏，桃是毛桃，海棠是垂垂联珠，又是一番繁盛景象。

果园也是花园。那园里花的种类不少。木本的有蔷薇，木槿，丁香，草本的有凤仙，石竹，夜来香，江西腊，步步高……草花不名贵，但是长得繁茂泼辣。甬路的两边，菜地的周围，园里的角角落落，到处都是。草花里边长得最繁茂最泼辣的是波斯菊，密密丛丛地长满了向阳的山坡。这种花开得稠，有绛紫的，有银白的，一层一层，散发着浓郁的异香；也开得时间长，能装点整个秋天。这一点很像野生的千头菊。这种花称作"菊"，看来是有道理的。

说的菜园，是就园里的隙地开辟的。果树是围屏，草花是篱笆，中间是菜畦，共有三五处，面积大小不等，都是土壤肥沃，阳光充足，最适于种菜的地方。我们经营的那一处，三面是果树，一面是山坡;地形长方,面积约二三分。那是在大种蔬菜的时期我们三个同志在业余时间为集体经营的。收成的蔬菜归集体伙食,自己也有一份比较丰富的享用。

那几年,在延安的同志,大家都在工作,学习,战斗的空隙里种蔬菜。机关,学校,部队里吃的蔬菜差不多都能自给。那个时候没有提出种“十边”,可是见缝插针,很自然地“十边”都种了。窑洞的门前,平房的左右前后,河边,路边,甚至个别山头新开的土地都种了菜。

我们种的那块菜地,在那园里是条件最好的。土肥地整,曾经有人侍弄过,算是熟菜地。地的一半是韭菜畦。韭菜有宿根,不要费太大的劳力(当然要费些工夫),只要施施肥,培培土,浇浇水,出了九就能发出鲜绿肥嫩的韭芽。最难得的是,菜地西北的石崖底下有一个石窠,挖出石窠里的乱石沉泥,石缝里就涔涔地流出泉水。石窠不大,但是积一窠水恰好可以浇完那块菜地。积水用完,一顿饭的工夫又可以蓄满。水满的时候,一清到底,不溢不流,很有点像童话里的宝瓶,水用了还有,用了还有,不用就总是满着。泉水清冽,不浇菜也可以浇果树,或者用来洗头,洗衣服。“沧浪之水清兮,可以濯我缨;沧浪之水浊兮,可以濯我足。”这比沧浪之水还好。同样种菜的别的同志,菜地附近没有水泉,用水要到延河里去挑,不像我们三个,从石窠通菜地掏一条窄窄浅浅的水沟,用柳罐打水,抬抬手就把菜浇了。大家都羡慕我们。我们也觉得沾了自然条件的光,仿佛干活掂了轻的,很不好意思,就下定决心要把菜地种好,管好。

“庄稼一枝花,全靠粪当家。”为了积肥,大家趁早晚散步的时候到大路上拾粪,那里来往的牲口多,“只要动动手,肥源到处有”啊。我们请老农讲课,大家跟着学了不少知识。《万丈高楼从地起》的歌者,农民诗人孙万福,就是有名的老师之一。记得那个时候他是六十多岁，精神矍铄，声音响亮，讲话又亲切又质朴，那老当益壮的风度，到现在我还留着深刻的印象。跟那些老师，我们学种菜，种瓜，种烟。像种瓜要浸种、压秧，种烟要打杈、掐尖，很多实际学问我们都是边做边跟老师学的。有的学会烤烟，自己做挺讲究的纸烟和雪茄；有的学会蔬菜加工，做的番茄酱能吃到冬天；有的学会蔬菜腌渍、窖藏，使秋菜接上春菜。

种菜是细致活儿，“种菜如绣花”；认真干起来也很累人，就劳动量说，“一亩园十亩田”。但是种菜是极有乐趣的事情。种菜的乐趣不只是在吃菜的时候，像苏东坡在《菜羹赋》里所说的：“汲幽泉以揉濯，持露叶与琼枝。”或者像他在《后杞菊赋》里所说的：“春食苗，夏食叶，秋食花实而冬食根，庶几西河南阳之寿。”种菜的整个过程，随时都有乐趣。施肥，松土，整畦，下种，是花费劳动量最多的时候吧，那时蔬菜还看不到影子哩，可是“种瓜得瓜，种豆得豆”，就算种的只是希望，那希望也给人很大的鼓舞。因为那希望是用成实的种子种在水肥充足的土壤里的，人勤地不懒，出一分劳力就一定能有一分收成。验证不远，不出十天八天，你留心那平整湿润的菜畦吧，就从那里会生长出又绿又嫩又茁壮的瓜菜的新芽哩。那些新芽，条播的行列整齐，撒播的万头攒动，点播的傲然不群，带着笑，发着光，充满了无限生机。一棵新芽简直就是一颗闪亮的珍珠。“夜雨剪春韭”是老杜的诗句吧，清新极了；老圃种菜，一畦菜怕不就是一首更清新的诗？

暮春，中午，踩着畦垄间苗或者锄草中耕，煦暖的阳光照得人浑身舒畅。新鲜的泥土气息，素淡的蔬菜清香，一阵阵沁人心脾。一会儿站起来，伸伸腰，用手背擦擦额头的汗，看看苗间得稀稠，中耕得深浅，草锄得是不是干净，那时候人是会感到劳动的愉快的。夏天，晚上，菜地浇完了，三五个同志趁着皎洁的月光，坐在畦头泉边，吸吸烟；或者不吸烟，谈谈话；谈生活，谈社会和自然的改造，一边人声咯咯啰啰，一边在谈话间歇的时候听菜畦里昆虫的鸣声；蒜在抽苔，白菜在卷心，芫荽在散发脉脉的香气：一切都使人感到一种真正的田园乐趣。

我们种的那块菜地里，韭菜以外，有葱、蒜，有白菜、萝卜，还有黄瓜、茄子、辣椒、西红柿，等等。农谚说："谷雨前后，栽瓜种豆。""头伏萝卜二伏菜。"虽然按照时令季节，各种蔬菜种得有早有晚，有时收了这种菜才种那种菜；但是除了冰雪严寒的冬天，一年里春夏秋三季，菜园里总是经常有几种蔬菜在竞肥争绿的。特别是夏末秋初，你看吧：青的萝卜，紫的茄子，红的辣椒，又红又黄的西红柿，真是五彩斑斓，耀眼争光。

那年蔬菜丰收。韭菜割了三茬，最后吃了苔下韭（跟莲下藕一样，那是以老来嫩有名的），掐了韭花。春白菜以后种了秋白菜，细水萝卜以后种了白萝卜。园里连江西腊、波斯菊都要开败的时候，我们还收了最后一批西红柿。天凉了，西红柿吃起来甘脆爽口，有些秋梨的味道。我们还把通红通红的辣椒穿成串晒干了，挂在窑洞的窗户旁边，一直挂到过新年。

一九六一年四月九日

延　安

延安，二十世纪三十年代到四十年代中国革命的京城，它是流通鲜红的血液到千百条革命道路的心脏，它是指挥抗日战争和解放战争取得最后胜利的司令台。

延安这个声名响彻世界的地方，是同中国共产党和毛泽东同志的名字联结在一起的。这座群山环抱、高踞中国西北黄土高原的古城，伴着那条傍城东流的延水，和那座耸立在城南嘉陵山上的宝塔，在中国悠久的历史长流里，度过了多少世纪的默默无闻的寂寞的岁月。一九三五年，中央红军在毛泽东同志的领导下，经过举世闻名的二万五千里长征到了延安，在这里领导中国革命近十四年，领导千百万英勇无畏的革命战士，艰苦奋斗，在惊涛骇浪里把中国革命的航船，稳稳地朝着正确的方向，从胜利驶向胜利，延安这才成了铄古灼今、光芒万丈的名城。

延安，是革命者荟萃的地方。从红军到达陕北开始，就是“条条道路通延安”了。旅途的万水千山，不算什么险阻；敌人的重重封锁，丝毫不足畏惧；爱国的志士，抗日的青年，男的，女的，只身的，结伴的，要求革命的人们成千上万地涌向延安。当日寇侵略使祖国濒于危亡的时候，延安是希望；当全国军民奋起抗战的时候，延安是灯塔。整个抗日战争期间，哪一颗火热的心不向往延安呢？水流万里归大海，延安广阔深邃的山谷容纳着汹涌奔流的人的江河。

“到延安去”是一种豪迈的行动。“作延安人”是一种很大的光荣。革命者到了延安就到了家。那是多么欢乐的家啊！在那个欢乐的革命的家里，同志，是千百万人共同的称呼。这个称呼是亲切的，里边包含着革命，尊敬，信任等崇高的意义；也蕴涵着集体，友爱，团结等浓挚的阶级感情。同志们生活在一起，一边工作，学习，劳动，一边跟敌人作不懈的斗争。每个人都有自己的战斗岗位，每个人都是革命集体的成员。能力有大有小，劳动光荣是一致的认识；进步有快有慢，力争上游是共同的志趣。从地主、官僚、买办资本家统治的旧社会里跑出来，摆脱那种挨冻、受饿、抗日有罪的痛苦生活，一步踏上有衣穿、有饭吃、有书读、有事做，没有剥削压迫的自由天地，谁不认为是无上的幸福呢？

在延安，同志们自己动手挖窑洞，解决住处问题。借厚实的黄土山崖，窑洞挖得一层一层，一排一排。窑洞是冬暖夏凉的，土地，土墙，穹形的土顶，收拾得窗明几净。窑洞接窑洞，往往一道山沟就是一条大街，一个山头就是一处村落。夜里来，一山高下，灯火万点，壮丽极了，是一片繁荣景象。同志们自己动手种庄稼，解决食粮问题。在山坡沟边，把杂草割掉，荆棘斩除，荒地可以变成耕田。山上种谷子糜子，平川种稻麦蔬菜。牛羊猪鸡等家畜家禽，也得到适当繁殖。人们生活是俭朴的，但是丰足的。在党和边区政府的领导下，大家自力更生，建立铁工厂，木工厂，用马兰草造纸的造纸厂；也纺棉花，纺羊毛，织布。建立自己的银行，自己的邮局，自己的报纸、通讯社，自己的大学（大学是名副其实的，只抗日军政大学，就是上万的学员）。延安是个崭新的社会，人跟人的关系是新的，一切社会制度也是新的。

延安是革命的洪炉。当时有句谚语说：“三年八路军，生铁变成金。”（八路军，那个时候是革命的同义语，参加八路军就是参加革命)延安的生活是一种锻炼;马克思列宁主义的钻研,毛泽东著作的学习,劳动生产,整风运动,是提炼真金的火焰。党在延安为抗日战争培养了争取胜利的干部,也为解放战争和社会主义革命准备了各方面的人才。在农村建立革命根据地,用农村包围城市,最后夺取城市。毛泽东同志这一光辉的战略思想,延安时代正是以延安带头在各个根据地完满体现的。像太阳辐射光芒,革命的干部从延安出发,分散到全国各地。红色的种子适应各地的气候和土壤,在广大革命群众中扎根。党的建设,武装斗争,统一战线,这三件法宝是党的革命事业赖以开花结果的水,土,阳光。坚定正确的政治方向,艰苦奋斗的工作作风,机动灵活的战略战术,加上团结,紧张,严肃,活泼,是每个革命干部都必须具备的品德和修养。

每一个革命者都是散播革命火种的人。革命的队伍越壮大,革命的火焰越旺盛,革命的事业越发展。我们是不断革命论和革命发展阶段论者,井冈山,延安,北京,革命正是一脉相承。人类幸福的创造是无穷无尽的,创造幸福的道路也无限广阔。当然,只要帝国主义和阶级敌人还存在,革命前进的路上就免不了障碍和险阻;把障碍铲除,把险阻踏平,扫清前进的道路,是革命者应尽的责任。革命的敌人必定被消灭,革命必定要胜利。

看延安吧,曾经封锁延安、进攻延安的那些撼树的蚍蜉,挡车的螳螂都到哪里去了呢?延安城却绿化,建设,焕然一新了。城里的废墟上修建起一幢幢楼房和整齐的街道,东门外的延河上架起了又宽又平的长桥,而党中央和毛泽东同志住过的杨家岭,枣园,王家坪……则成为千秋万代令人永远瞻仰和怀念的胜地。

让北京从井冈山和延安接过来的火把照着我们继续前进吧。“东方红,太阳升”,是从延安唱起的歌,现在这歌声已经唱遍世界了。

一九六一年六月二十九日

歌　声[①]

感人的歌声留给人的记忆是长远的。无论哪一首激动人心的歌,最初在哪里听过,那里的情景就会深深地留在记忆里。环境,天气,人物,色彩,甚至连听歌时的感触,都会烙印在记忆的深处,像在记忆里摄下了声音的影片一样。那影片纯粹是用声音绘制的,声音绘制色彩,声音绘制形象,声音绘制感情。只要在什么时候再听到那种歌声,那声音的影片便一幕幕放映起来。“云霞灿烂如堆锦,桃李兼红杏”,《春之花》那样一首并不高明的歌,带来一整套辛亥革命以后启蒙学堂的生活。“我们是开路的先锋”,反映出一个暴风雨来临的时代。“我的家在东北松花江上”,描绘出抗日战争初期一幅动乱的景象。……

我以无限恋念的心情,想起延安的歌声来了。

延安的歌声,是革命的歌声,战斗的歌声,劳动的歌声,极为广泛的群众的歌声。列宁在纪念《国际歌》的作者欧仁·鲍狄埃的文章里说:“一个有觉悟的工人,不管他来到哪个国家,不管命运把他抛到哪里,不管他怎样感到自己是异邦人,言语不通,举目无亲,远离祖国——他都可以凭《国际歌》的熟悉的曲调,给自己找

① 本文原载1961年10月1日《光明日报》。

到同志和朋友。”我们可以这样理解:《国际歌》是全世界无产阶级的共同的声音,共同的语言。我们也可以这样看延安的歌。在延安,《国际歌》就是被最庄严最普遍地歌唱的。

回想从冼星海同志指挥的《生产大合唱》开始吧。那是一九三九年夏初一个晚上,在延安城北门外西山脚下的坪坝上。煤汽灯照得通亮。以煤汽灯为中心,聚集了上万的人。印象中仿佛都是青年人。少数中年以上的人,也是青年人的心情,青年人的襟怀和气魄。记得那时候我刚刚从前方回到延安,虽然只出去四五个月,也像久别回家那样,心里热乎乎的,见到每个人都感到亲热。不管认识不认识,见到谁都打招呼。会场上那些男的,女的,都一律穿着灰布军装,朴素整洁,打扮得都那样漂亮。大家说说笑笑,熙熙攘攘,像欢度快乐的节日一样。是的,正是欢乐的节日。是第一个五四青年节。就是在那天晚上,我们听了伟大的领袖毛泽东同志那篇有名的报告:《青年运动的方向》。

说的这时候,是报告完了,热烈的鼓掌、欢呼以后,大家正极兴奋的时候。那真是“意气风发,斗志昂扬”;只是大家酣醉在幸福里,那时还想不出这样恰当的形容文字。每个人都咀嚼,回味报告里的深刻意义和警辟的语句:“革命的或不革命的或反革命的知识分子的最后的分界,看其是否愿意并且实行和工农民众相结合。”“今天到会的人,大多数来自千里万里之外。不论姓张姓李,是男是女,作工务农,大家都是一条心。”咀嚼着,回味着这些语句,同时等候大合唱开始。

露天会场。西边是黑黝黝的群山。东边是流水汤汤的延河,隔河是清凉山。南边是隐隐约约的古城和城上的女墙。北边是一条路,沿了延河,蜿蜒过蓝家坪,狄青牢,直通去三边的阳关大道。合唱开始,大概已经是夜里十一点了。

就在那样不平凡的时刻,在那个可纪念的地方,我第一次听见唱：

二月里来，好风光，

家家户户种田忙。……

冼星海同志指挥得那样有气派，姿势优美，大方；动作有节奏，有感情。随着指挥棍的移动，上百人，不，上千人，还不，仿佛全部到会的，上万人，都一齐歌唱。歌声悠扬，淳朴，像谆谆的教诲，又像娓娓的谈话，一直唱到人们的心里，又从心里唱出来，弥漫整个广场。声浪碰到群山，群山发出回响；声浪越过延河，河水演出伴奏；几番回荡往复，一直辐散到遥远的地方。抗日战争的前线后方，有谁没有听过，没有唱过那种从延安唱出来的歌呢？

延安唱歌，成为一种风气。部队里唱歌，学校里唱歌，工厂、农村、机关里也唱歌。每逢开会，各路队伍都是踏着歌走来，踏着歌回去。往往开会以前唱歌，休息的时候还是唱歌。没有歌声的集会几乎是没有的。列宁记十九世纪七十年代德国工人歌咏团，说他们是在法兰克福一家小酒馆的一间黑暗的、充满了油烟的里屋集会，房子里是用脂油做的蜡烛照明的。在黑暗的时代里，唱唱歌该是多么困难啊。在延安，大家是在解放了的自由的土地上，为什么不随时随地、集体地、大声地唱歌呢？每次唱歌，都有唱有和，互相鼓舞着唱，互相竞赛着唱。有时简直形成歌的河流，歌的海洋。歌声一波未平，一波又起，接唱，联唱，轮唱，使你辨不清头尾，摸不到边际。那才叫尽情地歌唱哩！

唱歌的时候，一队有一个指挥。指挥多半是多才多艺的，既能使自己的队伍唱得整齐有力，唱得精彩，又有办法激励别的队伍唱了再唱，唱得尽兴。最喜欢千人、万人的大会上，一个指挥用伸出的右手向前一指，唱一首歌的头一个音节定定调，全场就可以用同一种声音唱起来。一首歌唱完，指挥用两臂有力地一收，歌声便戛然停止。这样简直把唱歌变成了一种思想,一种语言,甚至一种号令。千人万人能被歌声团结起来,组织起来,踏着统一的步伐前进,听着统一的号令战斗。

延安唱歌,也有传统,那就是陕北民歌。

“信天游”唱起来高亢、悠远,“蓝花花”唱起来缠绵、哀怨。那多半是歌唱爱情,诉说别离,控诉旧社会剥削压迫的。过去陕北地广人稀,走路走很远才能碰到一个村子,村子也往往只有几户人家散落在山峁沟畔。下地劳动,或者吆了牲口驮脚,两三个人一伙,同不会说话的牲口嘀嘀咚咚地走着,够寂寞,诉说不得不诉说的心事,于是就唱民歌。歌声拖得很长很长,因此能听得很远很远。人还没看见,已经先听见歌声了;或者人已经转过山头望不见了,歌声还余音袅袅,不绝如缕。

时代变了,延安的歌就增加了新的曲调,换上了新的内容。二十年前那个时候,主要是歌唱革命,歌唱领袖,歌唱抗战,歌唱生产。延安唱的歌很快传到各抗日根据地,后来又传到一个接一个的解放了的地区。日本投降以后,哪里听到延安的歌声,哪里就快要解放了。延安的歌声直接变成了解放的先声。譬如《三大纪律,八项注意》那首歌吧,从苏区唱起,一直就是红军、八路军、新四军和人民解放军的先遣部队。哪个地方的人民最痛苦,哪个战场上的战斗最艰巨,这首歌就先到哪里。听见这首歌,连小孩子都知道人民的救星来了,毛主席的队伍来了。它是黑夜的火把,雪天的煤炭,大旱的甘霖。人们含着笑又含着欢喜的眼泪听这首歌。我甚至养成了这样一种习惯,听别人唱这首歌,仿佛也是自己在唱。听见声音,仿佛同时看见了队伍,看见了队伍两旁拥挤着欢迎队伍的人群。人群里,年长的是大娘,大爷,同年的是大哥,大嫂,兄弟,姊妹,都是亲人。又仿佛队伍同时是群众,群众又同时是队伍,根本分不清。这首歌,唱一千遍,听一万遍,我都喜欢。

这里就不说我喜欢那首唱遍世界的歌,《东方红》了。那是标志着全国人民对伟大领袖衷心爱戴的歌,又是人民群众自己创作的歌。谁不喜欢呢?从心里,从灵魂的深处。

一九六一年十月一日

难老泉

当铺，钱号，窄轨道，已经随着土皇帝的覆灭最后湮没了；煤炭，汾酒，老醋，却在人民的生活里广泛散发着热力和芳香。山西是个宝地，太行山，吕梁山像两只巨大的膀臂从东西两面环抱着它；黄河，汾河像两条鲜血流注的动脉滋润着它。谷物和矿藏显示着大地的富饶，抗日战争的业绩歌颂着人民的英勇。这里的高山，密林，城镇，村落，哪里没写过可歌可泣的故事呢？二十几年前在游击队里跟这个地区建立起来的血肉感情，现在依然是炽热的。像回故乡一样，我们带着浓挚的怀想踏进了山西。

山西的省会太原，是一座古老的美丽的城市。滚滚的汾河从城西流过。东有东山，西有西山，北有卧虎，南有鸡笼，太原正好座落在一个肥沃的盆地里。城里一片黑瓦房，密密匝匝，处处是高墙深巷，几进的庭院。不过比起解放后的新建设来，旧城显得太局促了。在宏伟的建设规模里，旧城只能算一个小小的角落。新建设中，不说别的，只城外一条宽阔的迎泽路，两旁就都是四层五层的高楼。迎泽路向西延伸，横跨汾河是一座十八个桥墩的迎泽桥，桥又宽又平，一直伸到西山脚下。这里矗立着多少厂矿的烟囱，浓烟弥漫，告诉人新兴的工业是多么发达；街街巷巷熙来攘往的人群，有说有笑，呈现着一种繁荣的景象，欢乐的气氛。

过迎泽桥向南，沿西山山麓走五十里，是晋祠。在晋祠，我们访问了“难老泉”。

“难老泉”，听听名字就给人一种年轻的感觉。不必看见，就仿佛已经看见了。那喷涌的水源，那长流的碧波，永远是活泼泼的，青春常在的。在《滕王阁序》里王勃慨叹说“冯唐易老，李广难封”，比较起来，这难老泉实在值得叫人赞赏羡慕。

泉，论历史实际倒是很老的。从地质考察，据说有两万万年或者三万万年呢。据文字记载，“难老泉”是晋水的主要源头。古时候的晋国因晋水得名，晋国若是从“桐叶封弟”算起，到现在也该有三千多年了吧。“桐叶封弟”的故事，历史传说是这样的：

> 西周初年，武王姬发死后，他的大儿子姬诵还很小，就由周公姬旦扶助做了国君，就是成王。有一天，姬诵和弟弟叔虞在一块儿玩，他把一个桐叶剪成圭形，送给叔虞说：“我拿这封你吧。”叔虞把这件事告诉了周公，周公就问姬诵：“你要封叔虞吗？”姬诵说：“我是跟弟弟说着玩的。”周公说：“天子无戏言。”于是姬诵就把叔虞封为唐的诸侯。
>
> 叔虞到了唐，发挥了自己的智慧和才能，领导人民改良农田，兴修水利，发展农业，使人民生活逐渐安定富裕，就成为唐人爱戴的封建领主。
>
> 叔虞死后，他的儿子燮，因为境内有晋水，就改国号为“晋”。山西简称晋省，就是从这里来的。后人为了纪念叔虞，在晋水源头建立了一座庙祀奉他，这就是“晋祠”。

晋祠坐西向东，前临曲沼，后拥危峰，水秀山明，风景是很优美的。郦道元的《水经注》记载：“沼西际山枕水，有唐叔虞祠。”看来晋祠在北魏以前就有了。当初也许规模并不很大，经过北齐高欢父子在这里起楼阁，筑池馆；唐太宗李世民亲自写了《晋祠之铭并序》;宋仁宗赵祯又在晋祠西端为叔虞的母亲邑姜修了宏伟壮丽的圣母殿,一代一代重修增建,现在已经成了一组祠庙建筑群。里边殿堂楼阁,亭台桥坊,足有三百多项名胜古迹。像“鱼沼飞梁”“莲池映月”“双桥挂雪”,每一种景物都各具形势,各有特色。其中“晋祠三绝”,更深深吸引着游人的欣赏和流连。

“晋祠三绝”,一绝是“宋塑侍女”。在圣母殿里围绕着邑姜凤冠霞帔的坐像,有四十四尊侍女塑像。据说是宋朝的作品。塑像塑得精致,细腻,一个个都像活的。虽然身体的丰满俊美,脸形的清秀圆润,神态的婉约自然,都有共同的地方,但是四十四尊四十四个样子。有的像在沉思,有的像在凝视,有的像在缓歌徐吟,有的像在低声细语,还有的微笑,有的轻颦……衣裳,服饰,颜色,一切都那样逼真;走近去,你仿佛会听得见她们说笑的声音,会感觉出她们呼吸的温馨。

二绝是“古柏齐年”。传说西周初年这里栽有两株柏树,因为同样古老,所以叫“齐年柏”。可惜有一株在清朝道光年间被砍伐了。剩下的一株,横卧如虬龙,斜倚在擎天柏上,披覆在圣母殿左侧。另有一株“长龄柏”,传说是东周时候栽的。

三绝就是“难老泉”。

“难老泉”的来历,有一个美丽动人的故事:

传说在晋祠北边二十里地的金胜村,有一个姓柳的姑娘,嫁给了晋祠所在地的古唐村。她婆婆虐待她,一直不让她回娘家,每天都叫她担水。水源离家很远,一天只能担一趟。婆婆又有一种脾气,只喝身前一桶的水,故意增加担水的困难,不许换肩,折磨她。有一天,柳氏担水走到半路上,遇到一个牵马的老人,要用她担的水饮马;老人满脸风尘,看样子是远路来的,柳氏就毫不迟疑地答应了,把后一桶水递给了马。可是马仿佛渴极了,喝完后一桶水连前一桶的也喝了。这使柳氏很为难：再担一趟吧，看看天色将晚，往返已经来不及了；不担吧，挑着空桶回家，一定要挨婆婆的辱骂鞭挞。正在踌躇的时候，老人就给了柳氏一根马鞭，叫她带回家去，只要把马鞭在瓮里抽一下，水就会自然涌出，涨得满瓮。

转眼老人和马都不见了。

柳氏提心吊胆地回家，试试办法，果然应验。以后她就再也不担水了。婆婆见柳氏很久不担水，可是瓮里却总是满的，很奇怪。叫小姑去看，发现了抽鞭的秘密。又有一天，婆婆破天荒允许柳氏回娘家，小姑拿马鞭在瓮里乱抽一阵，水就汹涌喷出，溢流不止。小姑慌了，立刻跑到金胜村找柳氏。柳氏正梳头，没等梳完，就急忙把一绺头发往嘴里一咬，一口气跑回古唐村，什么话没说，一下就坐在瓮上。从此，水从柳氏身下源源不断地流出，流了千年万年，这就是"难老泉"。

这故事的题目叫作《饮马抽鞭，柳氏坐瓮》。晋祠背后的山叫悬瓮山，《山海经》里说："悬瓮之山，晋水出焉。"这大概就是"柳氏坐瓮"的根源。泉水从一丈深的石岩里涌出来，真有点像从瓮里涌出的样子。水的流量不小，一秒钟一点八吨。流水永远不停，雨涝不增，天旱不减。水微温，通常是摄氏十八度。泉水澄清碧绿，像泻玉泼翠一样。李白游晋祠曾题诗说："晋祠流水如碧玉，百尺清潭泻翠娥。"可以想见它的美丽。这道泉水，和鱼沼泉，善利泉，汇成晋水南北两渠。除了供应居民食用，可以灌溉三万亩农田，开动一百盘水磨。范仲淹游晋祠曾赞美说："千家灌禾稻，满目江南田。"

从"难老泉"向前走几步，有水潭叫"不系舟"。水潭四周用汉白玉低栏围成船的样子，因此得名。潭水冬温夏凉，寒天水气蒸腾，像云雾一样。水面有浮萍，潭底有水草，都冬夏常青。长长的水草随着流水波动，像风吹麦浪，荡漾起伏。有人题诗说："涓涓难老泉，分流晋祠侧，中有长生萍，冬夏常一色。”水潭中间是“中流砥柱”，也有一个令人惊心动魄的传说：

几百年前，这里南北两渠的农民，由于地主土豪的挑拨，经常为争水互斗。天越旱，斗得越厉害。后来官府设下毒计，说要“调解”纠纷，就在潭边支一口滚沸的油锅，锅里放十枚铜钱，说：哪方有人能当众从锅里取出几枚铜钱，以后就分几分水量，判定之后，永免争执。这时候，从北渠的人群里，走出了一个青年，勇敢地伸手从油锅里取出了七枚铜钱，于是北渠的农民就永远得七分水量。可是那青年受烫伤过重，当场死去了！

青年姓张，是晋祠山边花塔村人，人们称他为张郎。北渠的群众为了纪念他，就把他的尸骨埋在了“中流砥柱”下面。为了分水，在砥柱东面筑了一道石堤，在堤腰凿了十孔圆洞，南三北七。在东堤又筑了一道人字堰，作为南北两渠的分水岭，以免出堤后水流混合。

现在，不管南渠北渠，人民是一家。地成大块，水也统一调度。一边支应新建的热电厂用水，一边浇灌一千顷稻田。

一手是工，一手是农，晋水的无限潜力得到充分发挥了。这里边有更多的人用水力再创造的力量。

一九五六年初秋，我们一天经历了三十个世纪，欣赏了晋祠那样丰富的文物古迹。当我们出“对越坊”，沿“智伯渠”往回走的时候，回头看参天古木掩映下的楼台殿阁，看一抹果树林株株都满挂着累累的果实。右边十里稻花，左边烟囱入云，实在是兴奋。但是最难忘的还是“难老泉”。

到现在五个年头过去了，“永锡难老”，记忆还是新的。

一九六一年十一月二十日

窑洞风景

住窑洞,越住越有感情。那种感情,该像“飞鸟恋旧林,池鱼思故渊”吧,日子越长久,感情越深厚。不过也有些不同,窑洞仿佛是叫人看了第一眼就感到亲切,住了第一天就感到舒适的。窑洞的好处是简单朴素,脚踏实地,开门见山。我不知道历史记载的“采椽不刮,茅茨不剪”的尧舜居处到底怎样,因为年代太远了,没有办法亲自去住住;若拿紫禁城里的宫殿跟窑洞相比,老实说,我喜欢窑洞。

窑洞跟房屋不同。房屋要从平地上盖起来,窑洞却要从崖壁上挖进去。我国的西北黄土高原,据说在很古很古的时候,曾经是海底。厚厚的黄土层,是亿万年泥沙的沉淀和风积。黄土层经过日久年远的水土流失,冲刷得轻的成为无数深深浅浅的沟壑,冲刷得重的就是一道道大大小小的峡谷。沟壑的积水成溪流,峡谷的积水成河道。溪流和河道两边,就自然形成坡,岗,山,岭。所以西北的山,往往是土山。土山底下也有石层。重重叠叠平整的水成岩,可以采来制成石板,用它当屋瓦,或者给小学生拿来写字、演算术。所以“清涧的石板”和“安定的炭”,跟“米脂的婆姨绥德的汉”在陕北是齐名的。

山岭的上层总是黄土居多。从沟壑峡谷往上看,那土山土岭的陡坡悬崖,有时可以高到十丈百丈。可是在旁边望着是山是岭的地方,爬上陡坡悬崖也许会是一处方圆几十里的塬。溪流和河道两旁呢,水土继续流失,泥沙继续淤积,就又成为宽宽窄窄的坪坝。这上塬下坝,土地都很肥沃,多半适于种五谷,长庄稼。那硗薄的荒山秃岭,不便耕种的,就滋长野草榛莽,成为天然的牧场。

窑洞,就挖在这类山崖,沟畔,背山临水的地方。

譬如说,把向阳的一抹山坡,从半腰里竖着切齐,切到正面看好像一带土墙的时候,就用开隧道的办法从土墙挖进去,挖得像城门洞那样深浅,像一间屋那样大小,窑洞的雏形就成了。洞口一半垒窗台,安窗户,一半装门框,上门。门窗横过木上边的拱形部分,用窗棂结构成冰梅,盘肠,五角星,寿字不到头等种种图形,成为顶门窗。因此,窑洞虽然只有一面透光,南向、东向、西向的窑洞,太阳一样可以照得满窑通亮。晴朗的夜里,一样可以推窗纳月,欣赏李太白的诗句:“床前明月光……”

农家住的窑洞,多半是靠窗盘炕,炕头起灶安锅。灶突从炕洞里沿着窑壁直通山顶。常见夕阳衔山的时候,一边是缕缕炊烟从山头袅袅上升,一边是群群牛羊从山上缓缓回圈。“日之夕矣,牛羊下来”,正好构成一幅静静的山野归牧图画。若是山高一点,炊烟缭绕,恰像云雾弥漫,又会给人一种“白云生处有人家”幽美旷远的感觉。有的农家窑洞,用丹红纸剪贴了“鲤鱼跳龙门”“锦鸡戏牡丹”一类的窗花,或者贴了祝贺新婚和新年那样的“囍”字,就又是一种欢乐气象了。

战争时期干部住的窑洞,往往办公和住宿在一起,那局势和陈设另有一番风味。靠窗放一张不油不漆的本色木桌,一个三只脚的杌子,一条四根腿的板凳,就是全部家具。书架挖在墙里,挎包挂在墙上。物质条件是简单的:窗明几净,木板床上常常只是一毯一被(洗干净的衣服包起来算枕头)。精神生活是丰富的:拥有一壁图书，就足以包罗宇宙万有。沙发也就土墙挖成，一半在墙外，一半在墙里。沙发上放草垫子，草靠背，草扶手，坐上去可以俯仰啸傲，胸怀开阔地纵论天下大事。最好是冬天雪夜，三五个邻窑的同志聚在一起，围一个火盆，火盆里烧着自己烧的木炭。新炭发着毕毕剥剥的爆声，红炭透着石榴花一样的颜色，使得整个窑里煦暖如春。有时用搪瓷茶缸在炭火上烹一杯自采自焙的蔷薇花茶，或者煮一缸又肥又大的陕北红枣，大家喝着，吃着，披肝沥胆，道今说古，往往不觉就是夜深。打开窑洞的门，满满地吸一口清凉的空气，喊一声"好大的雪"，不讲"瑞雪兆丰年"吧，那生活的意义是极为丰腴的。捧一捧雪擦擦脸，就是该睡觉的时候神志也会更加清醒。这时候，谁都愿意挑一挑麻油灯，读书或写作，直到天亮。

我怀念起那照耀世界的延安窑洞的灯火了。那灯火闪烁着英明的革命舵手的智慧，那灯火辉映着斧头和镰刀的光辉。革命队伍里谁不传颂那个感动人的故事呢？当《论持久战》正在写作的时候，换岗的警卫同志多少次交接着同样的一句话啊："主席还没有休息。"又多少次送去的饭菜凉了，端下来热热，再送去，又凉了。——"窑洞里出真理"，是从那个时候大家说起的。从那个时候，不，还要更早，从革命队伍诞生的时候，真理就鼓舞着每一个革命战士的赤心，真理就呼唤着每一支革命队伍前进。在这个意义上，那窑洞的灯火是永远发亮的，那窑洞的灯火所照耀的地方是无限广阔的。

窑洞从山腰挖起，一层一层往山顶挖去。随着山崖的形势挖成排，远远看去就像一带土楼。每层窑洞的前面，用削山和打窑的土，恰好可以垫成一片平地。上下左右的窑洞，高低错落，不一定排列得都很整齐；那整齐的却有时候上一层的平地就是下一层的窑顶。在这种九曲回廊似的窑前平地上，可以种菜，养花，栽树。西湖白堤的"间株杨柳间株桃"，被称为江南绝妙景色。这种窑洞建筑的“一层窑洞一层田”,不也可以称为塞北的大好风光么?若是种瓜,上层的瓜蔓能够挂到下层的檐头,天然的垂珠联珑,那才真叫难得哩。景致更好,是夜里看,一排一排的灯火,好像在海岸上看航船,渔火千点;也好像在航船上望海岸,灯火万家。

窑洞也有几种。陕北过去的老财,平地盖房子也喜欢砌窑洞。砌石窑,砖窑。砌得讲究的,要窑前出厦,带走廊。窑外油漆彩绘,窑里墁石灰,粉刷成象牙白、鸭蛋绿的颜色。地上铺方砖,烧地炕,更阔绰的还铺地板。贪婪地收了地租和利钱,不恣意享受又干什么呢!革命队伍住窑洞,可不是贪图享受,主要是图打窑洞价廉工省。一把镐头,一张铁锹,一副推车或抬筐,自己动手,十天半月就可以安排一个住处了。为方便,大窑可以套小窑;为防空,窑后可以挖地道。在防空洞里走,西窑里进,北窑里出,一点钟能绕半个山头。抗日战争期间,平原地道战打得敌人晕头转向,窑洞加地道,打起仗来敌人更只有送死或投降的路了。

在关中塬上,我见过平地挖“土城”又在“城墙”上打的窑洞。那土城和窑洞集中的时候,会像蜂房水涡,自成地下村落。那种村落,在远处是看不见的。只偶尔在路上走着,影影绰绰望到不远的地方有一丛两丛树梢,隐隐约约听见哪里有三声五声鸡叫,奔着树梢和声音走去,忽然发现自己仿佛从天而降,已经站在一座土城的城墙上了。在城墙上俯瞰城里,一圈一圈就都是住户人家。跟一般城里不同的是:这样的人家都住在从四周土墙挖进去的窑洞里。城圈的中间,有时也留一座两座土岛。土岛上会是草木扶疏,藤蔓披离。土岛周围也有一些大小不一的窑洞,不过那些窑洞多半不住人,而是养家畜家禽,堆放柴草。土岛和土墙中间,构成环形的街巷,街巷里一样也种菜,养花,栽树(路上望见的就是这些树的梢头)。雨落在街巷里,太阳照在街巷里,“鸡犬相闻”,俨然是世内桃源。

这种住处的特点是：自带围墙，牢固，安全，又不占耕地。窑洞的顶上一点也不妨碍耕种或者走路。清朝沈琨的《过陕》一联说："人家半凿山腰住，车马都从屋上过。"我看写得是相当真实的。

一九六二年六月十一日

猎户

秋收，秋耕，秋种，都要忙完了。正是大好的打猎季节。我们到红石崖去访问打豹英雄董昆。

深秋的太阳没遮拦地照在身上，煦暖得像阳春三月。一路上踏着软软的衰草，一会儿走田埂，一会儿走沟畔，不知不觉就是十里八里。田野里很静，高粱秸竖成攒，像一座一座的尖塔；收获的庄稼堆成垛，像稳稳矗立的小山。成群的鸽子在路上啄食，频频地点着头，咕咕咕呼唤着，文静地挪动着脚步。它们不怕人，只是在人们走近的时候，好像给人让路一样，哄的一声飞起，打一个旋，又唰的一声在远远的前面落下。村边场园里，晒豆子的，打芝麻的，剥苞米的，到处有说有笑，是一派热闹的丰收景象。

我想：董昆是什么样子呢？可像家乡的尚二叔？

小时候，在离家八里地的邻村上学。寄宿。晚上吃完了从家里带的干粮，等着念灯书的时候，总爱到学校门口尚二叔家去串门儿。尚二叔是打猎的，兼管给学校打更。不知道他的身世怎样，只记得他一个人住在一间矮小的茅屋里，孤单单地，很寂寞，又很乐观。他爱逗小学生玩儿，爱给小学生讲故事。当时我很喜欢他门前的瓜架，苇篱圈成的小院子和沿苇篱种的向日葵。我也喜欢他屋里的简单陈设：小锅，小灶，一盘铺着苇席和狼皮的土炕；墙上挂满了野鸡、水鸭、大雁等等的羽毛皮，一张一张，五色斑斓。最喜欢当然是他挂在枕边的那杆长筒猎枪和一个老得发紫的药葫芦。

跟着尚二叔打猎，在我是欢乐的节日，帮着提提药葫芦，都感到是很美的差使。尚二叔打猎很少空着手回来，可是也不贪多。夏天的水鸭，秋天的雉鸡，冬天的野兔，每次带回不过两只三只。打猎归来是一种地地道道的凯旋，背了猎获的野物走在路上，连打猎的助手也感觉到有点儿将军的神气。猎罢论功，我的要求不高，最得意是分得一支两支雉鸡翎。

可是在邻村读书只有半年，新年过后就转到本村新办的启蒙学校了。打猎的生活从此停止。抗日战争期间，自己扛过长枪，也带过短枪，可是都没有舍得用那时比较珍贵的子弹去猎禽猎兽。这次走在访问猎户的路上，才忽然想到自己原来对打猎有着这样浓厚的兴趣。

“咱们先绕道去望望‘百中’老人吧。”顺路陪我们的林牧场场长仿佛看透了我的心事，就这样自动地建议。他说：“老人是老打坡的，夜里能够百步以外打香火，那是名副其实的百发百中。老人姓魏，得了‘百中’这个绰号，真名字反而很少人叫了。他住得不远，就是那个有三棵老松树的村子，冯岗。老人七十三岁了，可是你看不出他衰老的样子。耳不聋，眼不花，爬山越岭，脚步轻快得连小伙子都撵不上。”

可是不巧，我们到冯岗的时候，老人的屋门锁着。听柿树底下碾新谷的一位大娘说：“老人昨天就上山打獾去了。”接着解释，“收豆子、红薯的时候，獾正肥哩。肉香，油多。俗话说‘八斤獾肉七斤油’啊。”山里的人看来谁都懂得打猎的道理。

“老人能到哪儿去？”

“拿不准啊。左右在这一带山里。”

“几时能回来?”

“那也说不定。少了三天五天,多了十天半月。他带着枪,到哪里都有吃有住。咱这周围百儿八十里谁不知道‘百中’老人呢?何况现在是公社,他是咱公社打猎的老把式,到哪里还不是家?”我联想到了唐朝贾岛的诗句:“只在此山中,云深不知处。”心里有些怅惘,可是也更增加了对老人景慕的感情。

场长说:“走吧,老人跟董老大最熟,说不定到红石崖去了呢。碰不到他也不要紧,反正老人的本领大家都晓得。——有一次,也是秋天,我跟老人一道儿赶集,他问我,‘吃过獾肉没有?’我说,‘没有,怎么样,请客么?’他说,‘獾肉好啊,是医治牲口的良药,明天打一只来你尝尝。’我说,‘不容易吧?’他说,‘试试看。’第二天他真的就掂来了一只獾。满不在意地招呼说,‘就撂在这儿吧。’摸摸獾身上还有点儿温呢。”

走下一道山岗,沿着一条鹅卵石的河道进山。潺潺的流水,一路奏乐作伴。路旁边,一会儿扑棱一声一只野鸡从草丛里飞起,那样近,仿佛伸手就可以捉住似的。可是太突然,等不到伸手,它已经咯咯咯地飞远了。一会儿又从哪里惊起一只野兔,也那样近,你差一点儿没踩到它。可是来不及注意,它又已经一蹦一跳,左弯右拐,拼命地跑得只剩下忽隐忽现的模糊踪影了。你的眼睛紧紧跟着那模糊的踪影,它会把你的视线带进一带郁郁苍苍的山窝。那山窝就是红石崖。

红石崖,山窝里散乱地长满了泡桐、乌柏、楝、楸、刺槐等杂色树木。三面山坡上有计划地栽种了槲树和马尾松,蓊郁苍翠,看样子怕已经成活六七年了。从沟底顺斜坡上去,是一排一排的牛棚、马棚。平地整畦,是一片一片的菜园、苗圃。几百箱蜜蜂,嗡嗡扬扬像闹市。四五个羊群牧放在东西山腰,远看像贴山的朵朵白云。自然环境里有整饬的规划,野生的动物植物衬托出人工饲养和栽培的巧夺天工。真是又林又牧,好不繁茂兴旺。

可是又不巧,踏上红石崖,不但“百中”老人没有来,就连董昆也到县城领火药去了。场长怕我们失望,立刻带我们到山上山下参观,介绍给我们看董昆他们打的野物皮子:狐狸、貉子、獾、水獭、野猫……种类实在不少。据统计,去年一年他们打猎小组打了四百三十六张大皮子哩。加上兔子和野鸡,足够一千只冒头。场长还特别拿出一支中式钢枪给大家观赏。那是董昆打死了金钱豹以后,劳动英雄大会发给他的奖品。枪号是532。

看看天色晚了,外边不知什么时候淅淅沥沥地落起雨来。深山雨夜,格外感到林牧场的温暖。晚饭桌上摆满了热腾腾的蒸红薯,葱炒橡子凉粉和滚烫的新谷米汤。够丰盛了,场长却抱歉地说:“可惜董昆他们不在,不然应该请你们尝尝这里新鲜的山珍野味。”可是那一夜,我们看的,听的,哪一样不新鲜呢,哪一样不紧紧联系着山珍野味呢?

“山里人家一夜穷。”野猪一夜工夫能拱完一亩红薯。狼、豹会咬死咬伤成群的牛羊。山居打猎,一举两得:既生产肉食毛皮,又保护庄稼牲畜。所以林牧场设有打猎专业小组。打猎的讲究不少:雉鸡、野兔要白天打,叫打坡;野猪、狐、獾、狼要夜里打,叫打猎。打猎要认路:狼有狼道,蛇有蛇踪。狼走岭脊,狐走山腰,獾走沟底。打啥要有啥打法:“暗打狐子明打狼。”打狼要招呼一声:“哪里去?”狼停住一看的工夫,镗的一声枪响了,准中。有的打猎要下炸弹,把炸弹包在油饼里,猎物闻到香味来吃,一咬就把嘴炸烂了,不死再打也容易。小兽用火枪打,大兽用钢枪打。捉活的要下拍子,挖陷阱。捕蛇还要在蛇路上下刀子。蛇爬过来的时候,微露地皮的锋利刀尖,可以把蛇的腹部从头一豁到尾。……不过,“畋不掩群,不取麛夭*;不涸泽而渔,不焚林

---

* 麛(mí)夭,泛指幼兽。

而猎。"[1]狩猎也要"护、养、猎并举"。

娓娓动听的一部猎经,真可以使猿倾耳,虎低头。

那一夜我不知道睡着没有,仿佛睡里梦里都跟醒着一样,趣味横生的打猎故事,生动,惊险,经历了一场又一场。早晨,深深呼吸满山满谷带霜的新鲜空气,感到精神抖擞,浑身是力量,仿佛一夜的工夫自己变成了一个能够上山擒虎、入水捉蛟的出色猎手。辞别场长出山的时候,自己也仿佛不是离开红石崖,倒像在酒店里喝足了"透瓶香",提了哨棒,要大踏步迈向景阳冈。

这时候倒真巧了,我们在林牧场木栅栏门跟前,顶头遇到一位彪形大汉。我们几个人不约而同,都冒叫了一声:"你是董昆同志吧?"宽肩膀,高身材,手粗脚大,力气壮得能抱得起碾滚子——貌相跟传说中的打豹英雄这样相似,不是他该是谁呢?

"是我。"回答证明我们的招呼不算冒失。

"怎么,你们要走么?"大汉的反问却使我们有点儿吃惊了:他知道我们是谁?他接着说明:"晚上在县里接到电话,说有客人找我,鸡叫赶着往回走,想能碰到,果然真的碰到了。走,再回去谈谈吧。"董昆,人很爽快,又有些腼腆,看他眯缝着眼睛,好像随时都在瞄准的样子。不笑不说话,一笑眼睛就眯得更厉害,可是眼睛微微睁一下,就有一种闪烁的射人的光芒。据说在漆黑的夜里,他能识别猎物的踪迹哩。

"……十四岁开始打猎,打了二十多年了。起初给地主看羊。羊叫狼吃了两只,自己挨了一顿皮鞭。那时候不懂得革命,恨地主也恨在狼身上,想:'弄杆枪打狗日的!'这样我就跟狼拼上了,见了就打。抗日战争期间,在游击小组,没说的,鬼子、国民党跟狼一齐打。前年,金钱豹吃牛,吃羊,闹得很凶。我想:'怎么没让我碰

---

① 见《淮南子·主术训》。

见呢?’后来邻居一个小姑娘,上山打柴,一夜没有回来。找遍半个山,只在半山坡上找到一只鞋子。我想:‘来了!’腊月十九下大雪,半人深。我们就计划打豹子。打豹子,先用炸药炸,后跟血迹撵。四天四夜,累了就扒开雪堆蹲一会儿。走过龙天沟、卧虎寨、蜘蛛山……先后打了二三十枪,豹子伤得很厉害,可是还没打死。火枪不顶事啊!在恶石寨的山沟里,我头顶住豹子的下巴,两手紧搂住豹子的腰身,跟它打了二十多个滚。从绑腿拔刀子,因为冻了没拔出来,用右手使劲把豹子一推,不想豹子的爪子抓了我的右胳膊,从肩头一直划到手指。一条血窟窿。有的筋都差点儿断了。我们小组的老李给了豹子最后一枪,才算把它结果了。”

这已经不单是有趣的故事,而是真实的血淋淋的搏斗了。胜利是斗争和艰辛换来的。董昆从衣袖褪出右臂,我们带着钦敬的心情仔细看了那条微微隆起的伤痕。当我们不停地嘘唏赞叹的时候,董昆自豪地说:“现在我们打猎小组的人都是民兵。我们保护生产,也保卫治安。野兽也好,强盗也好,只要害人,不管它是狼,是豹,还是纸老虎,我们统统包打。不怕撵到天边地边或者受尽千辛万苦,要打就一定把野兽和强盗消灭!”

谈着谈着,不觉已经是晌午。

天晴了。很好的太阳。

一九六二年九月二十日

“早”

这一个字,散发着幽香,放射着光芒……

深冬,酿雪的天气。我们在绍兴访问三味书屋。从新台门走几分钟,过一道石桥,踏进坐南朝北的黑油竹门就到了。

三味书屋是三间的小花厅。还没进门,迎面先扑来一阵清香。那清香纯净疏淡,像是桂花香,又像是兰花香。细想又都不像。因为小寒前后,桂花早已开过,兰花却还要迟些日子才开。是什么香呢?据说“三味”是把经书比作五谷,史书比作蔬菜,子书比作点心的。也许是书香?三味书屋是几十年前的书塾,当年“诗云”“子曰”,咿咿呀呀的读书声街上都能听得到,盛极一时。现在是鲁迅博物馆的一部分。过去在那里教书的先生和读书的学生,现在差不多都已经成了古人了,访问的人只能凭着书屋里的遗物来想象他们的音容笑貌。遗物里书是不多的,博物馆的意义也不在藏书。

书屋的局势是这样:西向,门两边开窗。南墙上有一个圆洞门,里边有小匾题“停云小憩”。东面正中挂一幅画,画上古树底下站着一只梅花鹿。那是当年学生朝着行礼的地方。画前面,正中是先生的座位,朴素的八仙桌,高背的椅子,桌子上照老样子整齐地放着纸墨笔砚和一条不常使用的戒尺。学生的书桌分列在四面,东北角上是鲁迅用过的一张,当年鲁迅就在那里读书,习字,对课,或者把"荆川纸"蒙在《荡寇志》《西游记》一类的小说上描绣像。现在所有书桌旁边的椅子当然都是空的。想到几十年前若是遇到这种情形,寿镜吾老先生该会喊了吧:"人都到哪里去了!"默默中我仿佛听到了那严厉的喊声,同时记起鲁迅在文章里写过书屋后面有一个园,学生常偷空到那里"爬上花坛去折蜡梅花,在地上或桂花树上寻蝉蜕"。

我也忽然明白了清香的来源:是蜡梅花。

迈进后园,蜡梅开得正盛,几乎满树都是花。那花白里透黄,黄里透绿,花瓣润泽透明,像琥珀或玉石雕成的,很有点玉洁冰清的韵致。落花也不萎蔫,风吹花落,很担心花瓣会摔碎。那硬挺的样子,仿佛哈口气会化,碰一碰会伤。但是梅花可并不是娇嫩的花,它能在数九隆冬带着雪开哩。"众芳摇落独鲜妍",天气越冷,开得越精神。这株蜡梅既然是鲁迅早年的游伴,现在该足满一百岁了吧?"老梅花,少牡丹",梅花的植株以年老的为好,看这株梅花开的热闹劲儿,怕正是又年老又年轻的。就季节说,梅飘香而送暖,雪六出以知春,梅花开的时候,也正预示着春天的到来。二十四番花信风,一候是梅花,开得最早。

早啊!鲁迅的书桌上就刻着一个"早"字。

那个"早"字,不是为记载梅花开放的时令而刻的,那更有深刻的意义。我们带了一种虔敬的心情,去鉴赏那个字。阴天,屋里很暗,没有灯,也没有谁带手电筒,凭划两根火柴的亮光,我们找到了那个字。字是横着刻的,很像一个含苞未放的花骨朵,又像一支小巧玲珑的火把。不知凭意义还是凭想象,当火柴擦亮的时候,那个字也一下子发起光来。顿时照得满室通亮。

那个字有这样一段来历:说是鲁迅的父亲生病的时候,鲁迅很忙。一面上书塾，读九经（五经加四书），一面要帮家务，天天奔走于当铺和药铺之间。有一天早晨，鲁迅上学迟到了。素以品行方正、教书认真著称的寿镜吾老先生严厉地说了这样一句话："以后要早到！"向来勤奋好学、成绩优异的鲁迅，听了没有说什么，默默地回到座位上，作为自励，就在书桌上刻了那个小小的字："早"。把一个字轻轻地刻在书桌上，实际是把一个坚定的信念深深地埋藏在内心里。从那以后，鲁迅上学就再也没有迟到过。而且时时早，事事早，奋斗了一生。

清朝末年留学日本的时候，鲁迅厌恶那些把头发盘在帽子里成为高高的"富士山"的人，自己首先剪了发。为治病救人，从而救国，最初立志学医；等看到光是身体健康并不能医治国人愚昧的时候，便研究文艺来唤醒人民，去争取自由和独立。从进化论到阶级论，从"绅士阶级的逆子贰臣"到无产阶级的战士，鲁迅都是作为旗手站在时代的最前边的。

早！在绍兴登卧龙山，游览越王宫殿的遗址，从残存的丹墀，础基，穹门，还能想到当年建筑的宏伟。也想到了两千四百年前，越王勾践"卧薪尝胆"的故事。勾践被夫差的大军围困在会稽山上，被逼到吴宫养马。屈辱当中，范蠡、文种却帮助他定下了"十年生聚，十年教训"的复国大计。

早！也是在绍兴卧龙山，凭吊风雨亭。那是为纪念秋瑾女士建筑的。吟咏着"秋风秋雨愁煞人"那悲凉的名句，想到远在六十年前，在帝国主义和封建统治压得人喘不过气来的时候，以一个生在封建官僚家庭的女子，七岁读书，十一岁赋诗，婚后变卖珠花珠冠，冲破重重樊笼，到日本留学。腰里佩带"倭刀"，大呼解放民族，解放妇女。曾经作诗说："拚得十万头颅血，须把乾坤力转回。"又说："休言女子非英物，夜夜龙泉壁上鸣。"亲手创办《中国女报》，亲手组织武装革命，真称得起是巾帼英雄，妇女的先锋。

早！谚语说:“时代和潮流是不等人的。”读书,劳动,革命,建设,为什么不应当早呢？读屈原的《离骚》,开篇不久就说:

汩余若将不及兮,
恐年岁之不吾与。
朝搴阰之木兰兮,
夕揽洲之宿莽。

反复朗诵,每每给人一种发愤的启示和鞭策。“黎明即起,孜孜为善”,的确要早。要热爱时间的清晨,要热爱生活的春天。要学梅花,作“东风第一枝”。

一九六三年一月十二日

天下第一山

这里说说井冈山。

井冈山是中国无产阶级革命的摇篮，是革命队伍的集合点，立脚点，出发点。在这里，一峰一岭，都长存着革命斗争的史迹；一树一竹，都饱受过革命雨露的滋润；一工一农，都经历过革命风暴的锻炼和考验。在这里，每一步路，都会踏着革命前辈坚实的脚印；每一呼吸，都会感觉出革命的艰苦、乐观、胜利的气息。作井冈山人，战斗在井冈山，建设井冈山，是无上的光荣；访问井冈山，重温革命的历史，接受革命的传统教育，是莫大的幸福。

这座山是革命的山。

井冈山在罗霄山脉中段。“北麓是宁冈的茅坪，南麓是遂川的黄坳，两地相距九十里。东麓是永新的拿山，西麓是酃县的水口，两地相距八十里”①。到处是耸峙的峰峦，险峻的崖壁。满山松、杉、毛竹和知名不知名的杂树，一片接一片，一丛连一丛，葱茏，苍翠，盖地遮天，从山麓一直拥上山顶。站在高处眺望，林海波涛，汹涌起伏，一浪高过一浪，一层叠上一层，那气势壮阔极了。在漫天云雾，伸手不见五指的时候，深厚，迷蒙，天地成为浑然的一体，

---

① 毛泽东：《井冈山的斗争》。

会使人感到像翱翔在云里，潜游在海里。歌谣说："千山竹，万山木，走路不见天，烧火不见烟。"那还只是描绘了井冈山山高林密的一个方面。

井冈山以茨坪为中心，方圆五百五十里，五大哨口像五尊顶天立地的巨人守卫着雄关要隘。八面山的羊肠小道是湘赣两省的分界线，人们说，走路不小心跌一跤，就会从江西跌进湖南。双马石艰险陡峭，胆小的人不敢从双马石下过。黄洋界，海拔一千六百米，"黄洋界上炮声隆，报道敌军宵遁"。这是一声炮响吓退敌人的地方。另外，一个朱砂冲，一个桐木岭，也称得是：一夫当关，万夫莫开。

就是在这样的地方，井冈山，毛泽东同志在三十八年前率领第一支工农革命军亲手建立了第一个红色政权，把这里作为革命根据地，进行武装斗争，土地革命。"天欲堕，赖以拄其间"。大革命失败后，支撑住革命天下的正是这建立在井冈山上的红色政权。广大的工农群众衷心地拥护这个政权，把根据地看作自家的江山，大家歌唱："行州府，茨坪县，大小五井金銮殿。"歌唱里充满了自豪的感情，表现出工农革命必将席卷天下的气概。

当年，根据地的生活是艰苦的。虽然说井冈山地区，茶，油，木材，毛竹，药材，出产都极丰富，但是"人口不满两千，产谷不满万担"①，再加敌人严密封锁，产品运不出去，丰富的资源不容易发挥作用，根据地里食盐、布匹、药品都很缺乏。在井冈山革命博物馆里陈列着一罐老游击队员当时不舍得吃，为红军一直保存下来的硝盐，尝一粒，又苦又涩，一点咸味都没有。但是那时的红军，就连这样的硝盐也不是经常能够吃到的。粮食要到几十里以外的宁冈去挑。毛泽东同志在茨坪的旧居里，除了三屉桌，木板床，条凳，几

① 毛泽东：《井冈山的斗争》。

件简单朴素的家具之外，就有斗笠和扁担。去黄洋界的路上，五里横排那里，有一棵槲树，当年毛泽东同志同战士一道挑粮，从小路盘山上来，曾在那棵树下歇肩。现在那棵树依旧叶密荫浓，挺拔旺盛，屹立在宽阔的盘道旁边石垒的平坛上，成为这段光辉历史的见证。艰难困苦并没有难倒革命的战士，当时战士们是乐观的，愉快的。“红米饭，南瓜汤，秋茄子，味好香，餐餐吃得精打光”。简单几句话生动地描写了他们饮食的情况。说到穿衣，《井冈山的斗争》里写着：“这样冷了，许多士兵还是穿两层单衣。”在茅坪，一位姓谢的革命老人也回忆说：“毛委员把棉袄送给我穿，他自己却只穿两层单衣。我不过意地说：‘毛委员你冷啊！’毛委员说：‘不要紧，习惯了。’”解衣衣人，推食食人。正是领袖跟战士、群众同甘共苦的这种崇高的感情，亲密的关系，团结了革命队伍，克服了重重的物质困难，战胜了残暴的敌人。

武装起来的工农，进行人民的解放战争，那是必然胜利的。井冈山很多地方就记载着一曲又一曲革命的凯歌。旗锣坳伏击，一战消灭了反动地主武装尹道一，为改造两支旧军队开辟了道路。宁冈的砻市，是一九二八年四月二十八日朱德同志率领的部分南昌起义军跟毛泽东同志胜利会师的地方，横跨龙江的大桥就叫会师桥。这个历史性的会晤，奠定了中国革命胜利的基础。在永新县的新老七坝岭，红军击溃了敌人七个团，消灭了一个团左右，创造了机智和勇敢相结合的战斗范例。直到现在群众还这样传颂着：“不费红军三分力，打垮江西两只羊。”①

在井冈山，红军接二连三地打胜仗，革命根据地的各项军事政策，各种组织形式、战斗形式，都逐渐基本形成。像“分兵以发动群众，集中以应付敌人”的作战原则，像“敌进我退，敌驻我扰，敌

① 消灭敌人朱培德的杨如轩、杨池生两个主力师。

疲我打,敌退我追”的十六字诀,像革命军人如何对待人民群众的“三大纪律,六项注意”①,都是毛泽东同志在那个时候总结了革命战争的宝贵经验,用最具体、最生动、最简要的语言固定下来的。像军队是战斗队又是工作队;“支部建在连上”,党始终是军队的领导者、组织者和鼓舞者,没有党的领导,就没有革命的军队;依靠农村建立革命根据地,借此积蓄和发展革命力量,逐渐包围城市并最后夺取城市,最后夺取全国政权……这些也都是伟大的毛泽东思想的体现。《中国的红色政权为什么能够存在?》是在茅坪的八角楼写的。楼上住室的桌子上现在还保存着圆形辟雍式石砚;《井冈山的斗争》是在茨坪一幢向东的平房里写的,屋里桌子上也还放着一盏生了锈的马灯。当年石砚的墨迹,不是还散发着浓郁的芳香吗?马灯的焰火,不是还闪耀着灼灼的光芒吗?三十八年的历史证明,这些辉煌的文献所指引的井冈山的道路,正是中国革命前进的道路、胜利的道路啊!从井冈山举起来的红旗,曾经沿着这条道路,举到瑞金,举到延安,举到北京。眼看亚洲、非洲、拉丁美洲,凡是要革命、要解放的地方,都将高高地举起这样鲜明的旗帜。

战斗在井冈山的人,用自己大公无私、光明磊落的行动告诉人们什么叫全心全意为革命。他们不为名:多少英勇牺牲的同志,在白色恐怖的环境里闹革命,必须隐姓埋名,有的到现在查不出真实的名字;巍然屹立在茨坪中心山上的革命烈士纪念塔,纪念在小井医院被敌人杀害的伤病员,就都是无名英雄。他们不为利:从军长到伙夫,除粮食外一律吃五分钱的伙食;冬天穿两层单衣,不讲享受,不置私产。他们为什么呢?就是为了世界的革命,为了人类的解放,为了没有人剥削人、没有人压迫人的共产主义。把自己的生

① 后来是八项注意。

命同无产阶级的革命事业结合起来,以此为光荣,以此为幸福,丝毫不计较个人的利害得失,他们怎么能不全心全意!

站在井冈山上,望望寥廓的世界,人们的心里会涌起无限肃穆景仰的感情。

世界上有什么山能够跟井冈山比拟呢?珠穆朗玛峰,海拔约八千八百四十八米,是世界上最高的山峰了;但是它的意义在于地理、地质和冰川,人只能在那峰顶上作短暂的停留。奥林匹斯,据说是众神所居,古代希腊人视为神山;但是那是神话,谁也没法知道它的奥秘。谈到人间,谈到革命,谈到无产阶级的不朽的事业,人们首先想到的是井冈山。井冈山,在陈旧的地图上,也许没有它的位置,在帝王将相的历史里,它也不会占什么篇幅;但是,自从毛泽东同志率领中国工农革命军在那里建立了革命根据地的那一天起,井冈山要用耀眼的红星标志在世界的地图上,要用瑰丽的篇章记载在人类的历史里。它将震撼寰宇,长青万古。

通往井冈山的路,当年崎岖狭窄,现在是平坦宽阔的。汽车在山道上迂回盘旋,进山可以到茨坪,大井,茅坪……载送旅客瞻仰各处的革命胜迹;出山更畅行无阻,可以驶向无限广阔辽远的地方。

井冈山是天下第一山。

一九六五年八月十五日

天　涯

访问海南岛的农场，我们路过了“天涯海角”。

唐朝宰相李德裕从潮州司马再贬崖州司户，曾有《登崖州城作》：“独上高楼望帝京，鸟飞犹是半年程。青山似欲留人住，百匝千遭绕郡城。”“天涯海角”就属古崖州。想象里那是很遥远的地方。

八十年代第一春到“天涯海角”，我们是带着兴奋的心情的。

快步走过一段沙石路，迈下海边并不修整的石台阶，迎面是一座半圆不方的巨大青灰色岩石，像海门的天然屏风。岩石上刻着郭老的三首诗，第一首诗的开头说“海角尚非尖，天涯更有天”，概括而又明确地告诉了我们眼前的实际情况。我们来自辽阔的山河大陆，面前又是无边的碧海汪洋。哪是天涯，哪是海角呢？人，依然屹立在天地间水陆紧连的地方。一念突兀，感到时代的伟大、作人的骄傲了。论时令，正是冬季，北国飞雪纷纷，出门要戴皮帽，穿靰鞡，在屋里也要生炉子，烧火墙；这里却是炎炎的烈日当头，穿短袖衫，摇葵扇，还是汗流浃背，最好是跳进大海里游泳，冲凉。看来“小小寰球”的确嫌小了，几个小时飞机就飞过了寒温热三带，而祖国是辽阔广大的。“天涯海角”也还是被包围在我们广漠的陆海中间。

在岸上，椰林凌霄；看海里，巨浪排空。“波青湾面阔，沙白磊头圆”，又是郭老的诗写出了这一带的壮丽景色。天然啸聚在这里的磊磊奇石，像石林，像岩丛，青黝黝，圆滚滚，熊蹲虎踞，姿态万千。有的更像金水桥边的石狮子，坐镇南天门，气势雄伟，万钧巨力也难撼摇它一根毫毛。在一尊独立的圆锥形高大的岩石上，不知什么年代刻有“南天一柱”四个遒劲大字，看上去真有点像独支苍穹的样子。想到共工氏“怒而触不周之山，天柱折，地维绝”的远古年代，“女娲炼五色石以补苍天，断鳌足以立四极”，这可就是那时的遗物么？不禁令人追慕宇宙洪荒世纪，原始巨人开天辟地业绩的宏伟了。

旅伴告诉我当地传说的一个神话故事：很久以前，从南来的贼船，抢掠渔民，霸占了停在海湾的渔船，欺压得渔民无家可归。忽然一只神鹰，在高高的天空，展开云幕一样的翅膀，撒下一阵巨大的圆石，把贼船砸个粉碎，挽救了渔民。那些圆石就至今散乱地留在海湾的沙滩上，成为千年万年惩罚侵扰渔民的贼船的见证。

《崖州志》记载：清朝雍正年间知州程哲在海湾一块巨石上面南写了“天涯”两字。“天涯”两字我看到了。上下款也刻了“雍正”“程哲”的字样。但是心里想：雍正年间离现在才二百五十来年，恐怕不是“天涯”命名的开始吧。就书法说，程哲的字笔力也太弱了。跟巨石比起来显得太小，跟海天的气势更不相称。站在退浪的平沙上，趁一时兴奋，不自量力，弯下腰去，伸出右臂，用手作笔奋力在沙上也画了“天涯”两字。像做了一番不朽的事业，自我欣赏。字画在沙上，豪情刻在心里。不想字刚画好，一层海浪滚来把沙上的字抹掉了。激浪冲沙，洗刷得很彻底，“天涯”已了无痕迹。——这时涛声杂着笑声，一齐袭来。抬头循笑声看去，是十多个男女青年海军把自己围上了。个个伸出大拇指，连声叫“好！”原来他们正在赞赏沙上篆刻、五指书法呢。大家一一握手。

谈起来知道他们都是上海初中毕业生，去年入伍，驻地不远，是趁星期天到“天涯海角”来逛逛的。谈得投机，兴致都来了，邂逅相遇，立刻成了忘年交。看他们朝气潮涌，英姿焕发，不禁还伸了拇指，回敬他们以祖国南大门的卫士，真正的当代神鹰。

在旁边亲眼看到这一幕热闹场面的另一位旅伴，一时心热起来，便即席赠诗，诗的中间四句是：“手书‘天涯’沙滩上，大海惊喜急收藏；后人到此不见字，但闻涛声情意长。”表达了大家的欢快情怀。

字画在沙上，只能是海市蜃楼的倒影，是会瞬息即逝的。还是学自己喜爱的德意志诗人亨利希·海涅吧。他在《宣言》里抒写：

我用有力的手臂从挪威的森林里
拔下那最高的枞树，
深深地把它浸入
爱特纳炽热的喷火口，
然后，用蘸着烈火的巨笔
我写在黑暗的天上……

就地取材，用海南岛上高耸挺拔的王棕作笔蘸火，我要写的将不是“天涯”，而是洋溢在内心里的真实的颂歌。从此，在天上闪耀着那燃烧的永不消灭的火字，而所有旅居异乡的游客和最远的一代代的子孙，都将欢呼地读着那天上的颂歌。颂歌的最强音，燃烧得最红的火字是：“可爱的祖国”！

贪着畅怀遐想，海滩再里边另一尊岩石上还写着“海角”两字，我却失掉了欣赏的机会。归途被旅伴讥笑说：“不远万里来海南岛，却只看了‘天涯’，而没看到‘海角’。”自己也真感到有些愧悔。幸而在海边跟旅伴一道奔驰游赏的时候，争着拾得了一些贝壳、海石花和玲珑透剔的上水石。带回首都，凭回忆和想象我要精心设计一盆盆景,放在座前案头,天天纵怀神游。盆景题目一定写全称:“天涯海角”。

1980年3月21日《人民日报》

知识链接

【文学常识】

一、作家介绍

吴伯箫(1906—1982),原名吴熙成,字伯箫,笔名山屋、天荪,山东莱芜人。现代著名散文家和教育家。毕业于北京师范大学英语系。延安时期曾任边区政府教育厅中等教育科科长。中华人民共和国成立后,曾任东北大学文学院副院长、东北教育学院副院长、人民教育出版社任副社长兼副总编、中国社会科学院文学所副所长等职。出版过散文集《羽书》《烟尘集》《出发集》《北极星》等,代表作有《山屋》《羽书》《马》《记一辆纺车》《菜园小记》等。

二、作家评价

那时不自量力,曾妄想创一种文体:小说的生活题材,诗的语言感情,散文的篇幅结构。内容是主要的,故事,人物,山水原野以至鸟兽虫鱼;感情粗犷、豪放也好,婉约,冲淡也好,总要有回甘余韵。体裁归散文,但希望不是散文诗。诗我是爱好的,苦于不懂怎么写。又有个固执的意见:诗要有韵律。不一定都是律诗、绝句或五言、七言;像古诗,词曲,民歌都行。新诗也一定要读起来上口,有自然节奏。一般说散文诗，无论是创作或者翻译，从形式上看“散”是可以肯定的；但“诗”呢？就不容易看出特征。所以刊物上发表散文诗，总要在题目后边加括弧标出来，大概就考虑到“诗”的欣赏能力差一些的读者不容易从鱼目当中分辨出珍珠的缘故。刚到青岛时写过一篇《海》，有选家把它归入散文诗，自己就深深感到当之有愧。可是自己妄想创的那种文体，尝试了四十年并没有真正成功。可能我的艺林里只有无花果一科。收入《羽书》集的有些篇目，也是“画虎”之作。那些篇目出世是我的梦做得最熟的时候。好友杨朔同志的《茶花赋》有点像从我的空中楼阁里采撷的花枝。我自己却一直没找到写《茶花赋》的那种彩笔。秃笔描画，画总是干巴巴的，缺乏含蓄，蕴藉，诗意。几时意外得到好笔，我想再试试。

——吴伯箫《无花果——我和散文》

他走出了一条独属自己的散文途径。这就是，既不借助人物，也不依凭情节，而是以“自我”的亲经亲历、所思所感为贯穿线索，抱定中心，娓娓铺陈，四面八方地一一写来，像轮辐向心似的，对事物做具体而微、生动形象的面面观，使作品显得“全”“严”“圆”。像他的代表作《记一辆纺车》《菜园小记》《窑洞风景》等，就都是这样成篇的。纺车、菜园、窑洞等，本都是“物”，但经过作者“以我观物”，“情”人其间，就使得“物我相谐”，融成一体。这是对传统“状物散文”的一个发展、提升，是吴伯箫对当代散文的一个贡献。

——张炯《中国当代文学史(下)》

吴伯箫在一篇谈创作经验的文章中，把自己的作品比为“无花果”。这句自谦之词，实际上也恰切而形象地道出了他的创作的特色。无花果，不炫耀，少矫饰，外观质朴无华，只是不声不响地奉献果实。吴伯箫的散文，确有着与此相似的品格：它朴实自然，没有构思上的曲折离奇；它真诚挚厚，没有感情上的矫揉造作；它蕴藉深沉，没有思想上的显露浅薄；它淳朴素雅，没有辞藻上的华丽艳冶。它总是以丰厚深邃的内涵发人深醒，又总是以隽永遥邈的情思引人遐想。它同无花果一样，没有争奇斗艳之意，只有奉献甘果之心。

——白烨《吴伯箫现代散文漫谈》

无花果，历来以"不花而实"著称，实则并非无花，而是花朵开在内部的子房里，或曰开在果实的雏形里。吴伯箫引无花果为喻，不过从"不花而实"的角度表达自己写散文不求外表华丽而更注重质实而已，或者说是尽力避免"华而不实"的倾向。从吴伯箫人格特征、散文风格方面验证"无花果"的譬喻是可信的、相符的，尤其是中老年以后的文风就更是如此。

——子张《吴伯箫"忘年"五题》

我认为不必以传统的小品散文的标准来衡量吴伯箫的这些创作，也无须将其作品与现代其他散文作家如周作人、林语堂、朱自清、丰子恺等散文小品相比较。吴伯箫的散文创作有其自己的独特的生活内容，独特的感情世界，在其创作的追求和发展中，为现代散文小品提供了另一种创作模式。这从作家创作的高峰期作品中可以得到进一步证明。从其延安精神所孕育的代表性名篇佳作里，可以寻觅到这一创作模式的内在精髓。

——杨洪承《一代人的延安情结——吴伯箫小品散文创作概观》

三、作品评价

以《记一辆纺车》为例……他在这篇作品里，特选择自己当年参加纺线生产劳动的经验和感受，作为主要描述的内容，以抒写“跟困难作斗争，其乐无穷”的壮志豪情。这样的结构确实是十分单纯的，而其主意又确实是高且深的，特别是文中关于纺车状貌、纺线情态和纺线竞赛场面的那些切实、生动的描述，作者如果不是真正理解纺线劳动的战斗意义，没有认真的实践、细致的观察、深入的体验和感受，是绝对不可能完成得如此出色的，文章正是通过这些描述给读者以形象的感染，使读者信服。作者当年在延安使用过的那辆纺车，尽管跟“一般农村用的手摇纺车没有什么两样”，可是它确确实实曾使作者在困难的生活条件下和艰苦的劳动中获得“任何物质享受都不能比拟的”愉快和幸福，成为当时作者以至成千上万延安军民坚持抗日、坚持革命的一个特殊的武器，具有非凡的性质和含义。唯其如此，这辆小小的普通纺车，才在广大读者的心目中成为“延安精神”的一个具体而生动的象征。

——鲍霁《中国当代散文的重要创获——论吴伯箫〈北极星〉的艺术成就》

文中的诗意来自作者真挚的感情、精巧的构思、深远的意境。《马》正是具有这一特点的作品，作者保留了初期创作《俺的更夫》这一类文章构思巧妙的优点，但境界较前开阔，文笔显得老练流畅，是这一时期的代表作之一。文章以对马的感情为线索，以年龄、时序为序，充分发挥了感情真挚、想象力丰富的特点，描绘了一幅幅动人的形神兼备的艺术画面……整篇文章在抒情结构上采取了先扬后抑的手法，当作者的情感发展到高潮时，戛然而止，而读者却仍沉浸在文章的意境中，令人回味无穷，具有含蓄的诗意美。犹如把粒粒珍珠般的美好的境界用情思的金线纵贯起来的艺术珍品。

——甄立《试论吴伯箫散文创作的艺术特点》

再看《菜园小记》，事的叙述，物的展露，不仅仅是为了抒情传意，而且更注重将物、景、事、情创造出一种审美的境界，一种自然生活的本真状态。这篇小品散文写的是延安大生产运动中，“大家都在工作、学习、战斗的空隙里种蔬菜”的情景。可是，事情本身的价值，生活所能发掘的意义，作者全都进行了审美的诗化的体验，具体地将一切熔铸在充满生活乐趣的种菜的过程之中了……这里种菜的工作已经获得了一种生活化的提炼，一种诗的升华。耕耘和收获所表现出的深深韵味，既蕴含着人与自然和谐融洽的生活情趣，又体现了劳动光荣，劳动者对改造自然、创造自然充满信心的生活希望。这便是那个年代延安人真实的精神世界。

——杨洪承《一代人的延安情结——吴伯箫小品散文创作概观》

四、关于散文

散文是一种既传统又现代的文学体裁。散文的范围和特点从古到今发生了很大变化。在中国古代文章中，讲究文字对仗、追求声韵谐和的文章被称为骈文，与此相对不讲究这些规则的文章称为散文。到了近现代，借鉴西方文学体裁的四分法，我国也采用了诗歌、小说、散文、戏剧的分体方法。散文的范围相对缩小了，有广义和狭义之分。广义上看，无论是写景的游记，写人的传记，写情的抒情小品，写事的叙事散文，写物的咏物小品，说理的议论文，都在散文范围之内。狭义的散文，则主要是指抒情散文，以美为主要的艺术追求，也有人称之为美文。散文具有内容丰富、形式灵活、手法多变等特点，散文可以说是最自由、最灵活的文体，正如明代袁宏道所说的“独抒性灵，不拘格套”。从艺术上来说，散文追求美感，既追求形式美、情感美，也重视理性精神和深刻思想。中国近代散文名家辈出，风格各异，鲁迅、周作人、林语堂、梁实秋、朱自清、俞平伯、郁达夫、丰子恺、废名、沈从文等等。此后，随着时代发展，又不断有新的风格和新的名家出现，经典迭出，异彩纷呈。

【要点提示】

吴伯箫是一位善于刻画生活、书写平凡的散文家，他前后两期的散文风格不同，要注意区分。前期散文重视联想，注意锻炼语言，有意追求文章的表现力和新奇的艺术效果，情感真挚而浓烈，充满对国家、民族的自豪感和忧患意识，古典文学修养体现较明显。后期散文则更重视立足生活本身，从生活的细节中发掘价值和意义。文风更加朴实无华，雕琢的痕迹较少，追求以平淡的日常语言来表现不平凡的情感和思想。

【学习思考】

1. 对比下两篇状物散文《羽书》与《记一辆纺车》，结合不同的写作背景，尝试分析作者不同的写作风格及文章表现的不同思想。

2. 阅读《我还没有见过长城》，认真体会文中体现出来的情感脉络，谈谈这篇文章给你带来何种体会和启示。

3. 通过阅读《野孩子》《调皮捣蛋》《“捣蛋司令部”》等文章，跟同学和朋友讲讲那些孩子不同的生活和命运。这些与你年龄相仿的孩子，为什么会有那样的生活和命运？联系自己的生活，和同学朋友分享你的心得和体会。

4. 通过阅读，体会吴伯箫前后期散文艺术风格的变化，谈谈你对这种变化的看法，和同学讨论一下你们心目中理想的散文是什么样的。

（王明辉 编写）